曾羽 李鸿 徐杰 申云富 著

先锋

中国戏剧出版社
CHINA THEATRE PRESS

图书在版编目（CIP）数据

先锋 / 曾羽等著 . -- 北京：中国戏剧出版社，2024. 8. -- ISBN 978-7-104-05560-0

Ⅰ. I235.1

中国国家版本馆 CIP 数据核字第 2024BG4160 号

先　锋

责任编辑：齐　钰
责任印制：冯志强

出版发行：	中国戏剧出版社
出 版 人：	樊国宾
社　　址：	北京市西城区天宁寺前街 2 号国家音乐产业基地 L 座
邮　　编：	100055
网　　址：	www.theatrebook.cn
电　　话：	010-63385980（总编室）　010-63381560（发行部）
传　　真：	010-63381560

读者服务：010-63381560
邮购地址：北京市西城区天宁寺前街 2 号国家音乐产业基地 L 座

印　　刷：	北京九州迅驰传媒文化有限公司
开　　本：	787mm×1092mm　1/16
印　　张：	15.75
字　　数：	205 千字
版　　次：	2024 年 8 月　北京第 1 版第 1 次印刷
书　　号：	ISBN 978-7-104-05560-0
定　　价：	108.00 元

版权专有，违者必究；如有质量问题，请与出版社联系调换。

前言

在历史的长河中,无数璀璨的星光熠熠生辉,那是英雄与先锋用热血与信念铸就的辉煌篇章。习近平总书记深刻指出:"一个有希望的民族不能没有英雄,一个有前途的国家不能没有先锋。"他们如同巍峨的山峰,屹立不倒,撑起了民族的脊梁,指引着国家前行的方向。

当我们回首那段波澜壮阔的岁月,中国人民解放军和中国工农红军的英勇形象跃然眼前。他们如同钢铁长城般坚不可摧,捍卫着祖国的尊严与人民的安宁。在烽火硝烟中,他们冲锋陷阵,无畏无惧,以坚定的信念和果敢的行动书写着忠诚与奉献的壮丽篇章。

在中国人民抗日战争的艰苦历程中,无数先锋挺身而出,以坚韧不拔的意志和勇往直前的勇气谱写了一曲曲壮丽的史诗。他们如磐石般坚守在困境中,似利剑般刺破黑暗,每一次战斗的身影都如同一首激昂的战歌,每一次无畏的冲锋都绘就一幅震撼人心的画卷。他们用生命和热血奏响了一曲曲壮丽的史诗,为抗日战争的胜利立下了不朽的功勋。

他们,是时代的脊梁,是民族的骄傲。他们的故事,是激励我们不断前行的动力;他们的精神,如同火炬般照亮我们的未来之路。他们的风采值得我们敬仰,他们的伟大值得我们效仿,他们的功绩值得我们铭记。让我们心怀敬意,踏着他们的足迹,在新的征程上勇往直前,不断拼搏进取,传承和发扬这崇高的先锋精神,为中国全面建成社会主义现代化强国、实现第二个百年奋斗目标,以中国式现代化全面推进中华民族伟大复兴而努力奋斗,让英雄与先锋的光辉永远照耀在中华大地的每一个角落。

《先锋》电影文学剧本集共包含以下五个电影文学剧本。

《先锋》主要讲述了1934年10月,红六军团奉命西征,为中央红军战略转移先遣探路,进军途中在贵州石阡陷入敌军重围,红六军团18师52团为掩护军团主力转移,把敌军引向石阡鲲鹏山,在与数十倍于己的敌人殊死激战后,52团百余名战士退到鲲鹏山悬崖边,敌人企图把百姓作为挡箭牌,红军战士宁死不伤群众、宁死不做俘虏,毅然集体跳崖,用鲜血和生命谱写了一曲惊天地、泣鬼神的英雄赞歌。

《沙土密电》主要讲述中央红军在四渡赤水后,面临国民党军在乌江北岸的围追堵截。中央军委二局曾希圣局长向毛泽东同志提出妙计:假借蒋介石的名义给周浑元、吴奇伟发报,巧妙调动国民党军的两个纵队六个师前往西部,为中央红军南渡乌江赢得了宝贵的时间。

《剑走偏锋》主要讲述1936年2月,红二、红六军团强渡鸭池河后占领三县并建立黔大毕根据地,同时成立革命委员会。期间,蒋介石调集80个团的兵力包围黔大毕,追击红二、红六军团。因敌我力量悬殊,红二、红六军团决定在运动战中击败敌人,并计划转移到安顺建立新根据地,由此拉开乌蒙山回旋战的序幕。

《裂变》主要讲述1942年抗日战争进入关键相持阶段,日本因战线拉长导致经济压力巨大,寻求速战速决,考虑使用核武器。为此,日本既派特务刺探美国制造原子弹技术,又派特务到中国东义市窃取金属铀的地质资料,

前 言

企图制造原子弹。若其阴谋得逞，战争格局将大变。因此，一场无硝烟的铀矿地质资料争夺战悄然打响。

《幸儿》主要讲述1944年11月，侵华日军从广西进攻贵州，三都水族人民奋起反抗，在九阡山寨与日本鬼子展开了殊死搏斗，塑造了幸儿、潘水柱、潘九阡等英勇机智、不畏生死、奋不顾身的水族抗日英雄的光辉形象。

为了更好地展现那些动人心魄的故事，从真正意义上领略英雄与先锋的风采，主创团队实地走访历史遗址、查阅典籍资料、访谈当地群众。我们希望捕捉那些闪耀的光芒，去描绘那些伟大的身影，去感受他们的热血与豪情，去汲取他们的力量与智慧。唯此，才能塑造出充满英雄气概与先锋精神的世界。

忆往昔，无数英雄与先锋的故事，是历史长河中最为瑰丽的画卷，是中华民族精神宝库中最为璀璨的珍宝。每一段过往，都是一座精神的丰碑；每一段历程，都是一曲激昂的乐章；每一个细节，都蕴含着深沉的力量与信念。

看今朝，我们站在新时代的起点，肩负着新的使命与责任。我们应当以这些英雄与先锋为榜样，传承他们的精神火种，在各自的岗位上奋力拼搏、奋勇向前。我们应当以坚定的信念和不屈的精神，续写之后中华民族的壮丽篇章，让英雄与先锋的精神在当今时代依然熠熠生辉，引领我们不断攀登新的高峰，创造新的辉煌！

未来，我们将继续沿着英雄与先锋的足迹前行，在传承与创新中不断探索前进的道路。我们要让这些伟大的故事永远流传，激励着一代又一代的中华儿女为实现国家的繁荣富强而不懈奋斗。让我们携手共进，以昂扬的斗志和饱满的热情，为中华民族的美好明天而努力拼搏，让英雄与先锋的光辉永远照耀着中华大地，永不磨灭！

前　言	01
剧　本	001
先锋	001
沙土密电	053
剑走偏锋	101
裂　变	150
幸　儿	202

先　锋

编剧：曾　羽

故事梗概

　　1934年8月7日，红六军团奉命西征，为中央红军战略转移先遣探路，拉开了红军长征的序幕。红六军团转战赣、湘、桂、黔四省，先后突破国民党四道封锁线，于10月7日进军至贵州石阡县甘溪地域，陷入敌军24个团的重围之中。红六军团18师52团为掩护军团主力突围，在师长龙云、团长田海清的率领下，将敌军诱至石阡鲲鹏山地区，与敌军激战三昼夜，掩护军团主力成功突出重围。坚守鲲鹏山的100多名红军战士，面对国民党军队的疯狂进攻，在新一营营长童黔哥的指挥下，浴血奋战，英勇打退了敌人的一次次冲锋，但面对被胁迫走在敌人前面的当地群众时，他们为了不伤及人民群众，毅然决然地选择集体跳下几十米深的悬崖，用鲜血和生命谱写了红军英烈的千古壮歌。

人物表

主要人物：

童黔哥　　男，40岁，贵州人，红六军团18师52团新一营营长；

田海清　　男，23岁，红六军团18师52团团长；

龙　云　　男，26岁，红六军团18师师长；

金　珠　　女，16岁，贵州人，童黔哥的女儿，邢贵的养女；

何天亮　　男，16岁，红六军团18师52团司号员；

胡德华　　男，18岁，红六军团18师52团侦察连连长，神枪手；

张云龙　　男，31岁，国民党黔军师长；

邢　贵　　男，32岁，贵州人，国民党黔军中校团长兼民团团长；

金国礼　　男，61岁，贵州人，童黔哥的岳父；

丁素园　　男，58岁，贵州思南地方教书先生；

刘副官　　男，26岁，国民党黔军团副；

汪　左　　男，24岁，国民党黔军特务连连长。

剧 本

序幕

黑场，风吹过水面的声音。

淡出字幕。

【字幕】世上没有无缘无故的爱，也没有无缘无故的恨。

1. 石阡河 / 河流 / 黄昏 外

【字幕】1934 年 10 月 贵州·石阡河

夕阳下的河边，金光灿灿的水面倒映着夕阳，两个商人模样的背影入画，用当地方言与船夫谈论租用船只运送盐巴的费用。

盐老板 老乡，只要你把我们哥俩和盐巴顺利渡过河，我给你 50 两盐，够你娶两回媳妇的了。

船夫甲 谢谢老板。敢问老板，你要运多少盐？

盐老板 100 担盐。

船夫甲 这么多？恐怕我一只船运不了你这么多盐，我回村多约几个人，我们"长官"经常说，人多力量大。

听了这话，盐老板皱了一下眉头，船夫意识到自己说漏嘴了。

这时，跟随盐老板的小伙计盯着另一个"船夫"年轻的背影看，"船夫"肩膀上有背带的勒痕，小伙计回首示意盐老板，盐老板突然侧步绕到一名"船夫"的身后，一脚踩向对方膝盖顺势勒脖子，一把匕首无声地从肩胛骨插入心脏。

另外一名"船夫"见势不妙想要大喊，并跑往乌篷船，小伙计飞身跃起扑倒"船夫"，捂住"船夫"嘴巴后，一把匕首从后腰插入肾脏引发大出血，"船夫"挣扎着渐渐不动。

【黑场出片名】先锋

2. 板桥附近 / 山道 / 日 外

两个背影在山路上急速狂奔，年长者显得非常急切，身后的年轻人有点跟不上，气喘吁吁地说。

小伙计　老板，情况都还没有搞清楚我们就急急忙忙回去，怕交代不了。老板，是不是我们暴露了？

盐老板突然停下脚步。

盐老板　你真没有看出蹊跷？

小伙计　我看见了那个人肩膀上的勒痕……

盐老板　不止这些，他们是军人，说漏嘴了，河对面至少还有三个观察哨，我分析，山的周围，人一定不会少。

听了这话，小伙计也格外紧张起来。

3. 石阡河畔 / 山林 / 日 外

【闪回】

江边的半山上，密林中出现望远镜的反光，被盐老板注意到了，他在不经意间看见有人收了望远镜，急促离去。

船上的血水流到河里……

盐老板用布擦匕首。

【闪回结束】

4. 石阡河一带 / 水潭 / 黄昏 外

彩云满天,景色如画。

天色将晚,16岁的少女金珠正在水塘里洗澡。金珠坐在水塘边,我们看见一张稚嫩、羞涩的脸,紧张地四处张望,她突然听到来自小树林的脚步声,紧张地打了一个寒战。

【闪回】

一双大大的、惊恐的眼睛,镜头推开,是美丽的少女金珠,她的嘴被一双大手紧紧地捂住,这人是她的"爷爷"金国礼。

远方是甘溪,枪声不断,战斗中的人们一个个倒下,厮杀声慢慢停了下来。

天空中的彩云像血一般流淌……

突然间,步履蹒跚的红军战士从血地里爬了起来,走了出来,金国礼的眼泪滴在金珠的手上。

金国礼　红军是好人!

金珠点点头,把"爷爷"的话记住了。

【闪回结束】

金珠忽然从水里走出来,慌忙起来穿衣服。

匆忙行走在林间的两人似乎也感觉到密林的另一边有人的行动,便隐蔽向前,想探个究竟。

金珠穿好衣服,慌忙拿上草药篮子,匆忙离去。

天色暗了下来。

5. 深山 / 石洞 / 夜 内

隐秘的半山崖洞，用木材做成的门，柴门里似有火光闪烁，急促归来的少女准备推门，两个背影再次凭空冒出，把少女裹挟进山洞，进洞不久，两个人停下脚步。

这时，洞里传来一个老年男子的声音，他压低嗓门问道。

男子 来人是童黔哥吗？

盐老板仔细一看，山洞里床榻上有一位60多岁的老人正盯着盐老板看，仔细辨认一番后怯生生的冒出这句话。

盐老板认出老人了，有一些激动。

少女惊奇地看着他俩。

6. 深山 / 石洞 / 夜 外

篝火燃起，老人和盐老板（童黔哥）单独说话，这突然的变化让聪明过人的童黔哥都有点发蒙，小伙计（胡德华）在远处警戒，少女虽在屋内煮苞谷粥，但她很想知道他们说什么。

金国礼是童黔哥的救命恩人，在少年童黔哥饿得奄奄一息倒在路边的时候，金国礼把童黔哥背回家，给他喂食，童黔哥才捡了一条小命，从此，童黔哥叫金国礼"老爹"。

童黔哥扑通一下，跪在老爹面前，憋了半天说了一句话。

童黔哥 老爹，您老人家还好吧！能在这里见到您老人家，就像做梦一样。老爹，你们怎么会在这里，这是怎么回事？六年了，我都没有孝敬您老人家，我对不住您。

金国礼　我还好。你先说说你自己,你怎么会在这里出现?你离开我们已经整整六年了,这六年是不是当红军去了?你不想金珠妈妈也就罢了,难道你就不想你的女儿吗?

　　童黔哥　我听说金珠妈妈被炸死了,我的女儿?金珠她还活着吗?

　　金国礼　唉!金珠妈妈是被炸死了,你女儿还活着,这还全靠了邢贵照顾金珠。

　　童黔哥　邢贵?他在哪里?

7. 深山 / 军营 / 夜 内

　　国民党黔军中校团长邢贵急匆匆来到黔军师部,向黔军师长张云龙汇报军情。

　　张云龙　邢贵,我得到报告,红军的探子从你的眼皮底下逃跑了,你怎么解释?

　　邢贵　报告师长,我也不知道他们为什么这么精,谈生意谈得好好的,突然动手杀人,不知道那两个死鬼是哪里露馅了。不过,他俩跑不了,还在我们的掌控之中。

　　张云龙对邢贵的话将信将疑。

　　张云龙　真的?

　　邢贵　军中无戏言。

8. 深山 / 石洞 / 夜 外

　　两眼泪汪汪的金国礼紧紧抓住童黔哥的手,把跪着的童黔哥扶起来。

　　金国礼　童黔哥,站起来说话,你想知道邢贵在干什么吗?这要从六年前说起，韩老九来你家抢人的事你还记得吗？

童黔哥　我当然记得。

【闪回】

六年前的石洞村。

金国礼刚来到童黔哥家，地主韩老九带着一帮人气势汹汹地奔童黔哥走去，到了门前，狗腿子二话不说，一脚踢开了门，韩老九大声喊道。

韩老九　童黔哥，你出来，把你娶媳妇时欠我的十块钱还给我！

童黔哥从里屋出来。

童黔哥　是九哥啊！钱要还的，只是这粮食还没有收上来，等收了粮，卖了粮，有了钱，我一定还你。

韩老九　等？我可没有耐心了，你今天不还钱，我就把你家抢劫一空。

童黔哥　我们家就只有人了，其他的什么也没有。

韩老九　是啊，听说你有一个漂亮的媳妇，那我就抢人。来人，去把童黔哥那漂亮的媳妇给我绑了。

韩老九一挥手，狗腿子们朝里屋冲去。

这时，从屋顶上跳下一个人，拦在狗腿子们面前。

邢贵　抢人？谁敢！

【闪回结束】

9. 深山／山路／夜 外

邢贵骑着马，带着刘副官，行走在山路上。

刘副官　邢哥，真是你大兄弟童黔哥回来了吗？你两兄弟开战一定有好戏，这两军对战，子弹可是不长眼睛的。

刘副官一边说，一边用贼溜溜的眼睛观察邢贵。

邢贵伸手就给刘副官一鞭子。

邢贵　谁说童黔哥是红军？只要是红军，亲爹亲妈我都打！

邢贵　（心想）童黔哥，我的祖宗，这个时候你可不要回来啊，即使回来了，你可不要撞到我的枪口上！

【闪回】

童黔哥家地上躺着被打死的韩老九。

山路上，童黔哥带着媳妇金翠花和女儿金珠从家里逃了出来，后面跟着邢贵。

邢贵　哥，你慢点，总得想好了去哪，我们再走吧！

童黔哥　邢贵，我的好兄弟，今天亏得你出手，我才打死狗恶霸韩老九。现在我们是走投无路了，我听丁素园先生说，江西、湖南有一支穷人的队伍叫红军，专门给我们老百姓撑腰，跟着红军就有希望了，我们投奔红军去。

邢贵　你想当兵附近就有军队，有必要跑江西吗？太远了。

童黔哥　附近的民团都是欺压百姓的，我不想当他们的人。

这时，传来野狼的叫声，小金珠被吓哭了。

童黔哥　金珠别怕，爸爸去把野狼赶走。

童黔哥刚离开不久，一颗手榴弹落在金翠花面前，硝烟散去，只见一块红肚兜飘向天空。

祸不单行，童黔哥被人推倒坠落到山底。

【闪回结束】

邢贵自言自语地说。

邢贵　欺压百姓，我也是无奈，这个世道能当上黔军团长已经是祖坟冒青烟了，能混口饭吃就不错了！

刘副官　团长，有情况。

邢贵朝刘副官指的方向看去，看见山洞里冒出了青烟。

10. 深山 / 洞口 / 夜 外

金国礼指着洞内的金珠对童黔哥说。

金国礼　金珠妈妈被炸死后，邢贵和小金珠躺在地上还有最后一口气，我正好路过，救了他们。这几年，我老了，身体不好，全靠邢贵照顾我和金珠，邢贵在黔军里当团长，能给金珠一口饭吃，邢贵叫我爹，金珠叫邢贵"爸爸"，就这样组成一家人，我也认了。

童黔哥　邢贵现在哪里？

金国礼　对了，邢贵听说要打大仗，把粮食和我们爷孙安置在山洞里躲避。

童黔哥　要打大仗了，粮食藏在洞里，我们连续打仗，也很缺粮食啊，战士们都饿得不得了。

金国礼认真地听童黔哥说话。

听了金国礼的话，童黔哥已经意识到了形势的严峻，他必须回部队汇报。百感交集的童黔哥从上衣口袋里摸出两块银元交给老爹。

童黔哥　这钱留给孩子，还有你……

胡德华　营长，这是军饷，用来摸敌情的，你这么给了你的老爹，是违反纪律的。

童黔哥　部队的军饷我一定还，但我欠老人家和孩子的，永远也还不了了。

金国礼　童黔哥，我虽然不知道你是做什么的，但我愿意帮你，你们如果遇到困难，来找我，我一定会助一臂之力的。

金珠不知什么时候站在了洞口，她下意识地感觉到，这个男人与她有关系。

金珠　大叔，喝粥……

人已经远去了。

11. 河口坝 / 营区 / 日 外

【字幕】红六军团 18 师师部

惨烈的甘溪战斗，红军伤亡 3000 人，伤病满营、缺医少药，处在极度困难之中。

童黔哥和胡德华穿过等待掩埋的尸体，惨不忍睹，走到临时搭建的医院旁，受伤的红军战士痛苦挣扎的叫喊声刺痛着童黔哥的心。

一个战士认出了童黔哥，童黔哥在突破敌人四道封锁线的战斗中战功赫赫，被誉为传奇式的英雄。

战士甲　童黔哥，我们冲出敌人的包围圈了吗？

童黔哥摇摇头，他看到了战士失望的眼神。

童黔哥　放心，我们已经找到了出路，我正赶去师部报告。

童黔哥看到了一群战士充满希望的笑容，他知道，他们并不相信他的话，他们的笑容仅仅只是为了鼓励他。

童黔哥鼓足勇气说。

童黔哥　红军战友们，请相信我，我们有共产党领导，有老百姓支持，一定会突围出去的。

战士们似乎从他的话里得到了鼓舞，看到了希望，他们手拉手、肩并肩，感人的场面。

远处的红六军团 18 师师长龙云和 52 团团长田海清站在窗前目睹了这一切。

12. 师部 / 临时作战室 / 日 内

龙云对田海清说。

龙云 中央革命军委命令我们不应再往西,应渡乌江北进与红三军会师的决断是正确的,但是,我们现在的处境很困难,向北看来也不现实,渡河去思南的路看来是走不通了,当务之急是想办法跳出敌人的包围圈。

田海清 看看童黔哥能不能带来有利于我军的情报,帮助部队化危为安。

童黔哥急匆匆走来。

童黔哥 报告!

田海清 说曹操,曹操到,进来。

童黔哥走进室内,田海清忍不住发问。

田海清 情况如何?

童黔哥 报告师长,报告团长,情况十分不妙,我们有可能再次进入敌人新的包围圈。

龙云 童黔哥,你坐下说。

三人立即围坐一圈,童黔哥继续报告。

童黔哥 我有一个办法,但是一步险棋,不知首长敢不敢用。

龙云 部队已经到了危急时刻,只要是办法,你就大胆讲。

童黔哥 是。我有一个六年前的兄弟叫邢贵,现在黔军任中校团长……

13. 深山 / 石洞 / 日 内

金国礼正准备进山摘点野果让童黔哥带给红军部队,不料,还没有出门，邢贵进洞了。

邢贵　这么早，金老伯要去哪里？

金国礼　我准备去山里摘一点野果，金珠想吃了。

邢贵　金珠，大米吃完了吗？大米不好吃吗？想吃野果子了。

金珠虽然不知道爷爷为什么要去摘野果子，但是，她还是很懂事地给爷爷圆场。

金珠　爸爸，我想吃水果了嘛！

邢贵　吃水果好，就知道吃水果好。金珠，家里来客人了吗？

狡猾的邢贵看到了一锅苞谷粥，这锅苞谷粥大大超出了两个人的饭量，他判断，一定有人来过。

金珠　来过，来了两个人，开始说要吃苞谷粥，等我煮了粥，后来又不吃了，匆匆忙忙就走了。

邢贵　知道他们从哪里来，到哪里去，叫什么名字吗？

金珠　不知道。

邢贵眼睛贼溜溜转，他们杀了我的人，还真来了。

邢贵也不是好糊弄的。

14. 河口坝 / 军营 / 日 内

听完童黔哥的汇报，龙云师长陷入沉思。

龙云　童黔哥，你有胜算吗？

童黔哥　五成胜算，可以试试。

龙云　"五成胜算，可以试试"，这话谁都会说，如果在平时这话也是对的。但是，今天不同了，我们已经到了生死存亡的关头，只要有一线希望都要努力。童黔哥，我同意你的方案。

童黔哥　谢谢首长！

龙云　我命令，童黔哥，执行第一方案，让黔军让路！

童黔哥　是！

15. 黔军 / 团部 / 日 外

邢贵回到团部，便去察看被杀的两个"船夫"的尸体，当看到一把刀是从肩胛骨刺进去的时候，邢贵已经知道是怎么回事了。

邢贵　（自言自语）童黔哥，你真的来了。

16. 河口坝 / 军营 / 日 外

龙云师长、田海清团长来给童黔哥送行，龙云命令何天亮收了童黔哥的枪。

龙云　钱带走，枪留下，深入虎穴，九死一生，就靠你的智慧和胆识了。

田海清　童黔哥，我们相信你能完成任务。

童黔哥坚定的目光。

17. 深山 / 山洞 / 日 内

刚才发生的事太蹊跷，金珠心里有疑问，见邢贵走远了，拉着金国礼的手，盘问起来。

金珠　爷爷，来人是谁？你一定认识。

金国礼　来的都是客，这是待客之道，你还小，不懂事，等你长大了我都告诉你。

金珠 爷爷,你欺负我,你没有给我说实话。

18. 河口坝 / 军营 / 日 内

一直跟着田海清团长的司号员何天亮十分不解地下了童黔哥的枪,心里一直有疙瘩,他的心思被龙云看出来了。

龙云手里捧着几个冒着热气的土豆,拿了一个给何天亮。

龙云 天亮,怎么脸色不好看,是担心童营长吧!

何天亮点点头。

龙云 之所以不让童营长带枪,是希望童营长去谈判的时候表示一种诚意。

何天亮 如果童营长命都没有了,还谈什么诚意。

龙云听了何天亮的话,对何天亮刮目相看了,这个小家伙在战斗中成长了。

龙云 是啊,童营长是去玩命啊!

这时,通讯员来通知龙云参加党支部的会,何天亮又好奇了。

何天亮 师长,党支部是什么?

龙云 党支部是共产党员的组织,越是困难的时候,越是关键的时刻,越要发挥共产党员的先锋作用,这样才能提高部队的战斗力!你懂吗?

何天亮摇摇头,但是,"共产党员"四个字,何天亮记住了。

19. 板桥 / 朱家坝 / 日 外

童黔哥与胡德华背着200块银元行走在山间的路上,走到一个山包旁,胡德华想休息一会，两人便坐了下来。不久，童黔哥察觉到了什么，两人突然相互对视，分头绕道包抄。

两名斜挎驳壳枪的便衣听到树林有响动，还未来得及起身，就被童黔哥与胡德华扑倒，并下了他们的枪。瞬间，童黔哥的匕首抵住敌人的喉咙，胡德华的枪口也顶住敌人的后脑。

童黔哥从俘虏口中得知，被俘的两人中有一个是连长。

童黔哥 万连长，把这里的情况告诉我们，不然我就一刀要了你的命。

万连长 我不敢说，我们有规矩，不能当叛徒。

胡德华一刀扎在万连长手上，万连长"哎哟"大叫。

童黔哥 这就是规矩。

万连长 我说，我说，我听我们团长说，湘军、桂军、黔军正在紧急部署部队，五天后形成包围圈，把你们干掉。

20. 板桥附近 / 黔军师部 / 日 内

黔军师长张云龙趾高气扬地质问黔军团长邢贵。

张云龙 邢贵，为何没有找到龙云师部？敌人的侦察员呢？你不是说在你的掌控之中吗？

张云龙将马鞭重重打在桌上。

邢贵面无表情，身后站着刘副官，邢贵已经察觉到，刘副官是来监视他的，邢贵感到自己并不受黔军信任。

邢贵 师长，给我三天时间，我一定把红军侦察员抓到你的面前。

21. 深山 / 山路边 / 日 外

邢贵、刘副官骑马急驰,路上突然有特殊的鸟鸣声,邢贵仿佛听到了熟悉的哨声。邢贵神色一变,走到一个三岔路口,驻足,但表面上还是镇静的。

邢贵命令刘副官先走。

邢贵 刘副官,你从左路去寻找,看见有军人姿态的人就发信号,四处都有我们的伏兵,我从右路包抄。

刘副官有点疑惑。

刘副官 我路不熟,我想跟着你……

邢贵突然拔枪,指着刘副官。

邢贵 执行命令!

22. 深山 / 树林 / 日 外

邢贵见刘副官走远,便牵着马走进密林,听到一声熟悉又陌生的呼喊。

童黔哥 小贵!

邢贵 黔哥!

童黔哥出现在邢贵面前,两人四目相对,无言,五味杂陈。

23. 深山 / 道路 / 小雨 / 日 外

一支全副武装的20人左右的黔军队伍,向童黔哥所处的位置急行军。在这支队伍前方不远处,金国礼背着一背篓野果机警地走着,他似乎听到了什么风声,金国礼一看地形,知道前面就是年轻时童黔哥和邢贵常来的地方。

【闪回】

这是山林中难得的一块平地,平地的边上有一棵高大的银杏树,这棵树在山里非常有特征,算是地标。

年轻的童黔哥和邢贵在习武,金国礼在观看,金国礼不时指点一下。童黔哥善用匕首,邢贵喜欢短剑,两人打了 20 回合,不分上下,金国礼微笑。

童黔哥　如果我杀猪,我会一刀毙命。

童黔哥示意从肩胛骨处刺入,邢贵跟着示范。

【闪回结束】

金国礼发现了地上用树叶卷起来的路标。

金国礼　糟了!

24. 深山 / 丛林隐蔽处 / 小雨 / 日 外

童黔哥和邢贵来到年轻时习武的地方,四处无人,他俩紧紧地抱在一起,童黔哥的匕首架在邢贵的脖子上,邢贵的短剑顶住了童黔哥的胸膛。

一阵风吹过,两人"哈哈"一笑,各退了两步。

邢贵　黔哥,我想你了,知道你来了,我就来找你。

童黔哥　小贵,我也想你了,找你好难,如果我不给你留下一点"见面礼",你是不会来见我的。

邢贵　我必须见你,只有你会从肩胛骨把匕首捅进去杀人,这就是你的见面礼?

童黔哥　那是我们以前杀野猪的方法,你熟悉,现在我还用来杀猪。

邢贵　黔哥,别骂人了,也不要耍小聪明了,被二十几个团的大军围在大山里,想想你们的出路吧!

25. 深山 / 道路 / 小雨 / 日 外

在一个三岔路口，金国礼把"路标"指向另一个方向，不一会儿，黔军小队按金国礼指的方向通过。

金国礼长出一口气。

雨水中，金国礼所做的一切金珠都看见了，金国礼抬头看见金珠，赶紧拉着金珠朝山洞方向走去。

金国礼不想让金珠知道真相，她的两个爸爸就在不远处，他们可能会打起来，他不能让金珠看到残酷的一面。

26. 深山 / 丛林隐蔽处 / 小雨 / 日 外

童黔哥和邢贵对话。

童黔哥　小贵，年轻时野猪拱你，我杀了野猪，救了你一命，当然，你也助我一臂之力杀了韩老九，看在我们过去的情分上，你帮我一次，你有什么好办法，让我军跳出包围圈。

邢贵　黔哥，你如愿以偿参加了红军，既然你是红军，那我就没有办法了，我的上司给我下了死命令，一定要消灭你们红军，我的一个小队已经把这里包围了，我也被人监视着，身不由己，我没有任何余地，必须执行命令。

童黔哥　事在人为，凡事都可以商量，今天你帮了我，明天我会给你一片新天地。

邢贵　黔哥，你不用做赤色宣传了，未来如何我看不见，还是说眼前吧，我看你是有备而来，说说你的打算，看看是否行得通。

童黔哥　小贵，爽快，我是来求你让路的。

　　邢贵　让路？我还是第一次听说，怎么让？

27. 深山 / 道路 / 日 外

　　金珠突然停了下来。

　　金珠　我刚才好像见着我爸爸了，我要去见爸爸，我要让他带我离开这深山老林。

　　金国礼　傻孩子，这大山里，哪里有你爸爸，快跟我回山洞，回山洞才安全。

　　金珠　不！

　　金珠突然朝银杏树方向跑去，金国礼无奈地追了上去……

28. 深山 / 丛林隐蔽处 / 日 外

　　童黔哥　你抬高枪口，把路让开，让我们过去，我们井水不犯河水，只要我们通过了你的防区就相安无事。

　　邢贵　让路？通过防区？相安无事？你无事，我就要被杀头！黔哥，我摊牌吧，你们只有一条路，投降！

　　童黔哥　投降？不可能！如果路买不成，我们就是拼命，也要杀出一条血路，冲出你们的包围圈。

　　邢贵　那我们就刀枪相见。

　　童黔哥、邢贵同时拔出手枪，指着对方，一触即发。

　　这时，远处传来金珠的呼喊声。

　　金珠　爸爸，爸爸！我看见你了，你在哪？

金珠的呼喊缓解了童黔哥、邢贵之间紧张的气氛，他们都不愿意在金珠面前互相残杀。

童黔哥、邢贵收枪，隐去。

金珠来到小平地，已经空无一人，金国礼把金珠紧紧地拉住，就像怕失去金珠一般……

29. 深山／军营／夜 内

童黔哥回到临时的军营。让路不成，童黔哥与邢贵不欢而散，没有完成任务，童黔哥不知怎么向师长交代，非常沮丧。

童黔哥回忆过去的悲惨经历 他们从小被韩地主家的儿子毒打、吃狗粮，长大了还被抢媳妇，一起杀韩老九，一起出逃，邢贵现在还养育着自己的女儿，他和邢贵的感情割不断。

童黔哥思前想后，目前只有一种可能，也是最后一个机会让红六军团冲出重围，走出困境，那就是活捉邢贵，逼他让道。

胡德华　营长，任务失败，我们还有补救办法吗？

童黔哥　有。

胡德华　什么办法？

童黔哥　活捉邢贵。

尽管邢贵是自己女儿的养父，感情上过不去，但活捉邢贵与打死邢贵还不是一个性质，活捉邢贵是要给红军找出路，也是无奈之举。童黔哥推开门，毅然决然地向师部走去。

30. 小镇 / 黔军团部 / 黄昏 内

邢贵长时间盯着作战地图，默不作声。他发现，刘副官带有监视意味地从窗外偷窥他，他很不痛快。

邢贵　刘副官，有屁进来放，不要在外面偷偷摸摸的。

刘副官进了屋，怪声怪气地说。

刘副官　在山里，团长把我支开，是不是去见童黔哥营长啊！

邢贵　什么去见童黔哥营长？你会不会说话！我是去劝降童黔哥，懂吗？劝降！没有文化真可怕。

刘副官　团长劝降成功了吗？师长的命令是把童营长绑了去见他，他要见活人。

邢贵　绑童黔哥是第二方案，刘副官，我命令，马上执行第二方案，绑了童黔哥！

刘副官　是！

31. 河口坝 / 师部指挥所 / 黄昏 内

师部临时指挥所，龙云师长正在召开作战会议。

龙云　根据我们掌握的敌情，黔军、湘军已经在板桥、毛家坝一带布防，大概也是二十几个团，我们红六军团主力和军团首长要跳出敌人的包围圈，前往黔东根据地，完成与贺龙领导的红三军会师的战略任务，必须撕开敌人的防线，我们正面比较薄弱的是黔军邢贵团，如果战斗中邢贵团久攻不下，被敌人合围我军就危险了，现在就要看童黔哥……

参谋　报告师长，童营长来了。

32. 板桥附近小镇 / 邢贵团部 / 日 外

邢贵把金珠和金国礼接进了板桥附近的一个小镇，他的团部就在这里。

邢贵走来走去想出一招。

邢贵　刘副官，我算算日子，过不了几天，就是金珠小姐16岁生日了，为了取得围剿红军的胜利，我们得大摆酒宴，一方面为小姐过生日冲冲喜，另一方面壮军威，让弟兄们把精神打起来。你抓紧把告示贴出去，后天大宴宾朋。

刘副官不知邢贵葫芦里卖的是什么药，但命令要执行。

刘副官　是！弟兄们，笔墨伺候，请金国礼先生写告示。

33. 河口坝 / 师部指挥所 / 黄昏 内

龙云　童黔哥，来得正好。

童黔哥　师长，我……

龙云　过去的不谈，谈谈你现在的打算。

童黔哥　我想活捉邢贵，逼他让路。

田海清　想法好，做得到吗？

童黔哥　团长，我已经失败一次了，我是共产党员，这次，拼了命也要完成任务。

田海清拍拍童黔哥的肩膀。

在一旁记录的何天亮抬头看看童黔哥，他想起一句话，"共产党员就要冲锋在前"。

龙云　好。我命令，童黔哥在两天后即16日必须活捉邢贵，之后，师部主力和军团主力都会按计划继续往板桥方向前进，突破邢贵团部的封锁线。另外，把丁素园先生给我请来，我另有安排。

  田海清　这件事我去办。

  龙云　请丁素园的事，何天亮去，你要准备打先锋。

34. 乡镇 / 丁素园家 / 夜 内

  丁素园是一位年近六旬的教书先生，由于知书达礼、为人正派，深受十里八乡的老百姓拥戴，威信很高。

  丁素园坐在书桌前，何天亮立于丁素园的对面，油灯旁，丁素园仔细阅读龙云的来信。

  龙云（OS①）　素园先生好！时隔多年未谋面，学生十分想念恩师，先生在黔东地区办学兴教，德高望重，回想吾辈在镇远受先生恩教，收益多多，终生难忘。如今革命风云突起，学生为实现共产主义之理想，投身红军，跟着共产党为人民打天下。但由于国民党反动派围追堵截，红军遇险，甘溪一战，我军死伤3000余士，我恳求先生发动民众，收治我受伤和失散战士，为革命保留火种。试看未来的寰球，必是赤旗的世界！

  在丁素园看信的过程中，出现若干叠影。

  丁素园在思南教书这几年，码头上传来很多贺龙部在印江一带的革命行动，他很是赞同，认为这才是古人说的"仁政"，是中国未来的希望。

  看着龙云的来信，丁素园激动得泪流满面，他感慨万千地写下八个字：勇士赴难，百姓扶摇。

  丁素园把信密封好，递给何天亮。

  丁素园　请小战士转告龙云师长，我当全力以赴帮助红军。

---

  ① OS，over lapping sound，意为内心独白。

35. 板桥附近 / 小镇 / 日 外

童黔哥和胡德华一身农夫打扮来到小镇，他俩走向邢贵的团部，便远远地看到城门头高悬着红军战士的头颅。

忽然枪声响起，童黔哥往墙边躲避，突遇刘副官带着民团当街杀人，刘副官当街喊话，正告围观百姓。

刘副官　你们看，这就是当红军的下场。红军就是红匪，红匪都是红头发、红眼睛、红衣服，共产共妻，吃人不吐骨头。凡私通红匪者杀无赦！救治红匪者斩立决！

喊够了，刘副官一行人朝团部走去，童黔哥、胡德华悄悄尾随刘副官。

刘副官　弟兄们先回去，我去柴地主家，看看团长拿下柴地主没有。

36. 小镇 / 柴地主家 / 日 内

邢贵手里拿着一张委任状在柴地主面前显摆。

邢贵　柴大地主，你看你看，我现在不仅是国军的团长，也是民团的团长，从今以后，这乡里乡亲的事，就归我管了。

柴地主　归你管，你就去管。

邢贵　你这就不对了，我管可以，你要支持。

柴地主　我怎么支持？

邢贵　我知道你的地窖里有枪，把地窖里的枪支弹药全部捐出，作为我们民团的装备。

柴地主　你这是募捐吗？你这是抢，我不干！我儿子也是中央军的团长，你真敢抢，他会来收拾你的。

柴地主根本不把邢贵看在眼里，柴地主的家丁和民团双方剑拔弩张，邢贵被家丁围住。

柴地主的枪指着邢贵的头。

突然一声枪响，柴地主被击毙，童黔哥和胡德华大步走进院门，胡德华的手枪冒着烟。

门外是被绑得结结实实的刘副官和两名团丁。

37. 小镇 / 黔军团部 / 日 内

金珠把金国礼拉进自己的房间，见四下无人，便关了门。

金珠 爷爷，你今天一定要给我说真话。在山洞里我们遇到的是什么人？为什么我爸爸突然要给我过生日，马上就要打仗了，他还有心情给我过生日，我觉得好奇怪。

金珠的话提醒了金国礼，他觉得邢贵有阴谋。

金国礼 爸爸给女儿过生日，天经地义，无可厚非，只有你这个小丫头脑筋多。

金国礼想，怎么给童黔哥报信，这时，金珠已经拉开门往门外走了，金国礼赶紧跟上金珠。

38. 小镇 / 柴地主家 / 日 外

胡德华的枪顶住了邢贵的头。

童黔哥 邢贵，你死路一条了吧！只要你答应我们的条件，你还有活命。

邢贵知道童黔哥的武功，反抗无用，眼睛一转，计上心来。

邢贵　黔哥，杀我你真下得了手吗？我帮你杀了韩老九，还养育了你的女儿，你真的要恩将仇报？我知道，你是逼我就范，被你抓我认栽，我帮贵军走出国军的包围圈。

　　说完，邢贵往外走，胡德华的枪顶住他的腰部。邢贵走到门边，看着被绑的团副和几个团丁，邢贵思考片刻，突然拔枪转身，连续击毙刘副官和两个团丁。

　　邢贵看了童黔哥一眼，意思是，我都把事做绝了，没有退路了，你该相信我了吧！

　　童黔哥非常淡定。

　　镇子里响起锣鼓声和呐喊声　"红匪"的探子杀人了！

39. 小镇 / 道路 / 日 外

　　远远地，金珠看见童黔哥和邢贵、胡德华向镇外走去，金珠大喊一声。

　　金珠　爸爸！

　　童黔哥、邢贵两个爸爸同时回头。

　　邢贵　爸爸有事，去去就回家。

　　邢贵和金珠深情地对视。

40. 山里 / 童妻坟头 / 日 外

　　邢贵把童黔哥带到金翠花坟前祭拜。

　　邢贵　黔哥，你是第一次来看翠花嫂子吧，我可是来了六年。

　　童黔哥　小贵，谢谢你了！

　　邢贵　怎么谢？

童黔哥　只要你给红军一条生路，怎么谢我都答应。

邢贵　我要荣华富贵，我要三颗星星的上将，我要我的女儿金珠永远是漂亮、骄傲的公主，当着嫂子的面，你说，你做得到吗？

童黔哥　你要的三星上将是欺压百姓的军官，我们不是，我们是人民的军队，人民的幸福才是我们的幸福！算了，给你说这些等于对牛弹琴。我们说实在的，明天晚上你必须保证我军过石阡河，通过你的防区。

邢贵　我可以连夜帮忙在石阡河上搭桥，贵军通过后，我让自己的部下把枪口抬高三寸，待贵军从我的防区通过后，我会追杀一阵，不过，这样一来，我的前途就完了。

童黔哥　你只要敢耍花招，我就会翻脸无情。胡德华，你24小时跟着邢贵团长。小贵，你是知道我的厉害的，胡德华一旦出事，就是你的死期到了。

41. 小镇 / 邢贵团部 / 夜 内

惊魂未定的邢贵回到团部，尽管他坚信童黔哥不会杀他，但是手枪顶着脑袋的滋味真难受，如果，没有如果，有如果他就没命了，邢贵来来回回走着，到底帮不帮红军呢？邢贵还在犹豫，他还没有找到帮红军的理由。

邢贵见金珠房间的油灯还亮着，但是金国礼的房间却是黑的，金国礼不在家？便问道。

邢贵　金珠，你爷爷呢？怎么不在家里。

金珠　爷爷摘了许多水果，他说他给一个亲戚送水果去了，要明天才能回来。

邢贵　金珠，不是你要吃水果吗？怎么爷爷又去送给亲戚了？这个亲戚是不是来过山洞？

金珠　我不认识。

爸爸一提到山洞里的"叔叔"就咄咄逼人的，让金珠害怕。金珠不知为什么，一提到山洞里出现的"叔叔"，她就撒谎，也许是下意识地要保护"叔叔"。

邢贵心想，糟糕，金珠的爷爷一定是去找童黔哥了。

邢贵　来人，给我把金珠的爷爷找回来。

特务连连长汪左应声而去。

此时机要科科长来报告。

科长　报告团长，师部急电。

邢贵接过电报，师部来电说：根据剿总指挥部命令，16日上午对板桥一带的红六军团发起进攻，你部配合湘军李觉部行动，务必全歼红军于板桥。

邢贵　童黔哥16日要过河，司令部16日要进攻。金珠你说说，16日到底是什么好日子？

金珠　16日是重阳节。

邢贵　我的妈呀！重阳节开杀戒。

邢贵眼睛贼溜溜转，我到底帮不帮红军呢？邢贵走到炉台上，去抽签。

42. 石阡河 / 岸边 / 夜 外

岸边拴着十几条船，特务连连长汪左正在指挥民团搭建浮桥。路边的小道上，金国礼背着空背篓走了过来，特务连连长看见了金国礼。

汪左　金大伯，你去什么地方了？团长让我们去找你，找不到你又让我们搭浮桥。你快回家去，免得团长着急。

金国礼　你们搭浮桥干吗呢？

汪左　明早红军要过浮桥，浮桥是给红军搭建的。

金国礼发现汪左提到红军时，口气恶狠狠的，往远处看去，一队队士兵正往阵地走，金国礼的心顿时紧了一下，黄鼠狼给鸡拜年没安好心，如果邢贵设的是圈套，红军就要吃亏。想到这，金国礼转身朝红军驻地方向走去。

汪左发现金国礼不对劲。

汪左　快去抓住金大伯！

43. 毛家坝 / 营地 / 夜 外

【字幕】为了更好地提高部队的战斗力，田海清把板桥战斗后余下的800名战士编为两个营，童黔哥任新一营营长。

童黔哥看着地上的两袋米和一堆水果，心情难以平静，这可是金国礼老人家冒着生命危险给我们送来的救命粮啊！

【闪回】

历经千辛万苦的金国礼终于找到了红军的营地，哨兵把金国礼带到童黔哥的面前。

童黔哥　老爹，你来了，有什么要紧事吗？

金国礼　你不是说你们缺粮食吗？我给你们送粮食来了，还有好吃的水果。

金国礼放下背篼，拿出水果，背篼下部露出了两袋大米。金国礼抓了一把"叫鸡粮"（又叫红军粮，一种红色的果子）给身边的何天亮。

金国礼　来，小战士，这种"叫鸡粮"可好吃了。

何天亮吃了一颗，急忙说。

何天亮　好吃，好吃，真好吃！

何天亮的滑稽样把战士们都逗乐了。

金国礼把童黔哥和红军战士感动了。

童黔哥　战友们，金国礼老人好不好？

众战士　好！

童黔哥　老百姓对我们好不好？

众战士　好！

童黔哥　我们红军就是老百姓的队伍，不管仗怎么打，我们一定要保护好这里的老百姓，不要让老百姓受到伤害，我们一定要为穷苦的老百姓打出一片新天地！

"红军是老百姓的队伍"，何天亮又记住了这句话。

【闪回结束】

童黔哥　通讯员，集合部队，抓紧训练。

44. 河边 / 小路 / 夜 外

金国礼越走越快，他发现已经有人跟踪他了。

45. 毛家坝 / 营地 / 夜 外

新编的新一营作为前卫部队悄悄摸到了板桥附近，田地里有大量的稻草，童黔哥命令战士们用稻草铺在田土上，准备就地露营，童黔哥准备第二天清晨再去与邢贵接头。

这时，田地的另一端出现一支部队，侦察员说是黔军，部队立刻紧张起来，只听黔军里有人说话。

黔军甲　对面的部队是哪个部分的哦？

黔军乙　管他是哪个部分，都是我们板桥人。

黔军丙　板桥人不打板桥人，又没得上面的命令，打哪样打哦，睡觉，打不打睡醒了听命令。

田野里很快安静下来，田海清对"买路"的事有些担心，走到童黔哥埋伏处，问童黔哥。

田海清 黔哥，你的兄弟邢贵真能放我们过去？

童黔哥 我也没有底，只是想赌一把。

田海清 红六军团从江西出发时是9700人，甘溪一战，牺牲了3000人，我们没有资本赌啊！

童黔哥 团长你误会了，我不会用红六军团去赌的，我只是想用我的生命去赌。

田海清 你的生命属于新一营，不能赌啊！我们必须做好两手准备。

童黔哥 是，团长，我已经做了另一手准备。

童黔哥拔出一支信号枪，在田海清面前亮了亮。

田海清 好，三发红色信号弹，关键时刻用。

童黔哥 团长，革命就会有牺牲，我是一名老共产党员，关键时刻，党在考验我，我必须先上，去试一下邢贵的真伪。

战士们围了过来，"我是共产党员，我先上"，声音此起彼伏，田海清让大家安静下来。

田海清 52团的共产党员都是好样的！

何天亮心想，共产党员就是不怕死的人吗？

何天亮问童黔哥。

何天亮 我不怕死，我是共产党员吗？

童黔哥 你是好战士。

黑夜中，模模糊糊的另一队人影也摸过来。童黔哥做了一个上刺刀的手势，红军战士逐级传递手势，悄悄地把刺刀装上。

46. 田野 / 小路 / 夜 外

走在路上的金国礼被一群人按住，嘴里塞了毛巾，汪左带着金国礼急匆匆朝邢贵营地走去。

这一切，童黔哥看得清清楚楚，但为了不暴露部队行踪，他不能去救金国礼，只能按兵不动。

47. 田野 / 山路 / 晨曦 外

清晨，龙云、田海清来给童黔哥送行。

龙云、田海清给童黔哥敬礼！

童黔哥和通讯员给首长敬礼！

带着红六军团全体将士的重托，童黔哥和通讯员骑着两匹快马急速赶往石阡河渡口。

目送童黔哥走远，龙云下达命令。

龙云　18师，全军出发。

48. 深山 / 丛林隐蔽处 / 日 外

邢贵吹起特定的哨声，邢贵的身后紧紧地贴着胡德华。

不远处，童黔哥吹着同样的哨声过来，童黔哥、邢贵慢慢地靠近了，彼此都能听到重重的呼吸声了……

一只鸟突然从林子里飞起，童黔哥、邢贵同时拔出手枪，指着对方，紧张的空气凝固了。

童黔哥、邢贵见面了，童黔哥告知邢贵，红军队伍已按计划出发了，邢贵点点头，便领着童黔哥朝河岸走去。

胡德华靠近童黔哥，做了一个邢贵有疑问的手势，童黔哥犹豫了一下，还是朝前走了。

49. 石阡河／岸边／日 外

童黔哥立马河岸。

胡德华与邢贵朝船上走去，胡德华走上船，检查木板，发现船的连接方式似有问题，是松动的，转身向童黔哥发出有疑问的手势，胡德华的手势没有瞒过邢贵的眼睛，邢贵突然拔枪，一声枪响打破早上的宁静，邢贵的枪口冒着烟，胡德华的身体从船上一头栽进水里。

童黔哥拔枪对着邢贵，两人枪枪相对。

邢贵　童黔哥，我告诉你，湘军55旅刘建文团已经赶到板桥镇阻击，湘军唐伯寅团和独立32旅胡达部已部署在龙塘地区，黔军柏辉章部也前往龙塘堵截，我思南民团和石阡民团就在你身边，我军24个团近4万人围住你们区区几千人，放下武器吧，该弃暗投明的应该是你！

童黔哥　邢贵，我早就看穿你了，你背信弃义，陷害红军，我代表红军处决你。

"砰"的一声，邢贵手臂中弹，枪掉在地上，邢贵看着远方，看着埋伏在四周的黔军。

邢贵　黔哥，你不要执迷不悟了，两条路你来选，第一条路，继续带红匪往我们口袋里钻，我已上报师部，只要消灭了红匪，你立了功，你就是国军上校团长；第二条路，你可以开枪打死我，但是，你必死无疑，金珠将成为孤儿，但无论你怎么选择，都改变不了红匪全军覆灭的命运！

这时，金国礼摆脱押送的敌人，突然出现在童黔哥面前。

金国礼　童黔哥，不要相信邢贵，不要和邢贵纠缠，邢贵给红军设了陷阱，他要给金珠过生日就是一个圈套，你快走，快去救红军，再不走就来不及了。

一声枪响，远处飞来了子弹，金国礼中弹倒地。

事先藏在船舱的金珠突然从船舱里冒了出来，跑到金国礼面前大声呼喊。

金珠　爷爷！爷爷！你醒醒！

呼喊声惊动了山野，惊动了童黔哥、邢贵，通讯员见童黔哥有点发蒙，突然踢了一下童黔哥的马，马受刺激，飞奔起来，山谷里传来童黔哥的呼喊。

通讯员为了掩护童黔哥牺牲。

童黔哥　（大喊）有埋伏！红军快后撤，后撤！有埋伏，红军快后撤！

趴在船上的邢贵晃悠悠地站起来。

邢贵　不要开枪，不要伤着我的女儿！

一瞬间，枪声戛然而止，敌军的进攻放缓，马背上的童黔哥拔出信号枪，打出了三发红色信号弹。

50. 板桥一带 / 山地 / 日 外

【字幕】 1934 年 10 月 16 日，重阳节，板桥战斗打响。

敌军火力太猛，又占据有利地形，童黔哥带领的新一营有点扛不住了，开始渐渐后撤，此时田海清团长带领援军赶到，抵抗了一阵，但仍然处于劣势。

田海清命令童黔哥带队占领另一座山头，试图利用地形环境继续阻击敌人。

　　田海清　司号员，吹冲锋号，狠狠地打，掩护童营长。

　　何天亮吹响了冲锋号，红军战士向敌军阵地猛扑过去，近身肉搏。河岸边的黔军战斗力弱，被52团打退。

51. 山地 / 黔军师部指挥室 / 日 内

　　邢贵笔挺地站在张云龙面前，张云龙气不打一处来，抬手给了邢贵两个耳光。

　　张云龙　好一个邢团长，计划这么周密，行动这么隐秘，人数这么众多，一个大活人就在你的眼前飞了，童黔哥又一次从你的面前蒸发了，你怎样解释？

　　邢贵　师长，我无话可说，请你责罚。

　　张云龙　责罚你有用吗？我要你戴罪立功，去杀了童黔哥！

　　邢贵　邢贵遵命！

52. 山地 / 临时指挥所 / 日 内

　　龙云正在召开紧急的作战会议。

　　龙云　我们暂时打退了敌人的进攻，但是，敌人的战略意图是消灭我们红六军团主力和军团首长，所以，敌人还会来的。参谋长，军团主力和首长现在在哪里？

　　参谋长　军团首长在距离我们不到十公里的潘家沟。

　　龙云听了，头皮发麻，太近了。

　　田海清　好在目前军团主力的位置还没有暴露，还没有和敌军交火，要另选良策。

参谋长 刚接到军团首长电报，询问战况和对战局的对策。

龙云 对策？！

童黔哥 报告师长，对策就是南撤。原本我和田团长商量，让金国礼老人带大部队南撤，可是……

龙云 这个我知道，金国礼老人为保护红军英勇牺牲了，太可惜了，他支持红军，给红军送粮食，我们永远记住他。遗憾的是，我们失去了一个好向导。

这时，参谋报告，丁素园老先生来了。

丁素园突然出现在阵前，让龙云非常意外，也非常高兴。

53. 板桥一带 / 山地 / 日 内

邢贵带着队伍向田海清的阵地扑来，战斗打得异常激烈，双方损失都很大。

田海清 我们不能和敌人打消耗战，必须发挥我们枪法好的优势，把部队分散开，一枪打一个。

田海清的战法马上奏效。

这时，田海清看到童黔哥发来的信号，他们已经占领山头，田海清命令：撤。

战士们向山上后撤。

54. 山地 / 临时指挥所 / 日 内

作战参谋走进临时指挥所，向龙云报告。

参谋 报告师长，军团主力首长来电，同意我师提出的南撤建议，军团主力行进方向为：二进甘溪，绕道石阡和镇远，东去印江方向与红三军会合。命令红六军团18师52团前锋改后卫，掩护军团主力撤退。

龙云 坚决执行命令！

龙云心里明白，全师目前的战斗人员不足千人，他看了看何天亮，命令他去把丁素园先生请来。

55. 板桥一带/山路/日 外

龙云把警卫排交给何天亮，命令何天亮保护丁素园，把丁素园安全送达红六军团主力驻扎地。龙云向丁素园告别。

龙云 丁先生小心，这一路要辛苦你了。

丁素园 红军是好队伍，为红军出力，我心甘情愿。

龙云 红军感谢你。

【闪回】

田海清向龙云报告。

田海清 童黔哥的第二个方案是南撤，请金国礼老人带路，他会设法把金国礼老人送到师部，由师部送到红六军团主力驻地。

龙云 金国礼老人行吗？

田海清 据童黔哥介绍，丁素园先生四处游学，金国礼送他走过这条路，可以从核桃湾插到关口，速度快的话，红六军团主力可有一线生机。

龙云 52团呢？

田海清 死战到底，一定要把军团主力掩护出去。

【闪回结束】

龙云 童黔哥什么都算到了，就是没有算到，金国礼变成了丁素园。

56. 战场 / 黔军阵地 / 日 外

久攻不下红军，邢贵调来迫击炮，准备在炮火掩护下，冲上山头。

57. 战场 / 山上 / 日 外

田海清团长和童黔哥营长指挥部队阻击攻击的敌军。突然，炮弹飞上了山，在他们中间爆炸，红军伤亡惨重。

田海清的52团只能梯次抵抗，逐步后撤。

58. 山坳 / 临时指挥室 / 日 外

战斗异常激烈，后撤的52团与18师师部在山坳处会合。龙云还没有来得及向田海清询问战况，就从望远镜里看见一个矮小的身影在搬运弹药。

龙云　何天亮？

龙云以为何天亮现在应该在军团首长身边，他有意让何天亮送丁素园，就是想让何天亮跟着军团首长，保何天亮一条命。何天亮怎么会出现在战场上？

龙云　田海清，去把何天亮给我拉下来，我要为瑞金来的兵留一棵根。

田海清　师长，现在拦不住何天亮了。何天亮一门心思就想上战场，就想当共产党员。

这时，龙云、田海清看见何天亮站在高处，从口袋里摸出几颗"红军粮"吃了，吹响了冲锋号，童黔哥率领红军战士冲了出来，敌人被打下去了。

52团迅速向红六军团主力所在地关口会合。

59. 关口／我军阵地／日 外

【字幕】 在敌军强大的炮火攻击下，红六军团被截为两个部分，红六军团主力和首长过了关口，红六军团18师52团留在了关内。

阻击阵地上，师部电台接到军团首长来电，报务员立刻向龙云师长报告。

报务员 报告师长，红六军团主力在丁素园老人的引导下，已越过关口，朝南而去。

龙云舒了一口气。

邢贵的迫击炮再次打过来，电台损毁。

这时童黔哥来到指挥室。

童黔哥 师长，敌人的包围圈马上就全部完成合围，师部再不南撤越过关口，就走不脱了！

关键时刻，龙云非常冷静。

龙云 田海清，你说我们往哪里打？

田海清不解地看着龙云，因为田海清只有一个答案，往南走。

田海清轻声问龙云 还有其他路可走吗？

龙云 对，还有其他路。

龙云用树枝指着地图上的鲲鹏山。

龙云 就是这里！

田海清 师长，这可是往敌人的包围圈里钻啊！

龙云 只有这样，才能吸引敌人，红六军团主力和首长才能安全突围。

田海清明白，如果52团继续从关口南下，就会引着敌人追赶，被敌人缠绕上军团主力麻烦就大了，所以，龙云要向西走，故意撞进敌人包围圈的核心鲲鹏山，才能把敌人的24个团全部吸引过去，红六军团主力才安全。

60. 鲲鹏山 / 阵地 / 日 外

邢贵指挥迫击炮继续轰击红军阻击阵地。何天亮的军号被炮火爆炸后的气流冲到了一边，何天亮站起来去抓军号，这时，一发炮弹朝何天亮飞来，田海清飞身一跃，推开何天亮，炮弹爆炸，田海清团长受伤。

何天亮　团长！

众战士　团长！

童黔哥　把团长送到山顶，龙云师长在山顶的鼎罐堡，我把敌人打退就过来。

61. 山地 / 黔军阵地 / 日 内

黔军连长向邢贵报告。

黔军连长　童黔哥指挥的新一营战斗力很强，个个是神枪手，我们的炮弹也打完了，久攻不下，伤亡很大，团长是不是想想办法，给我们团换防。

邢贵　换防？

黔军连长的话提醒了邢贵，他知道童黔哥的软肋是什么，是该"换防"了。

邢贵　汪左，传我命令，把临近的四个民团全部调来，不，包括老百姓，通通调来，半小时内到达鼎罐堡阵地。

62. 山地 / 阵地 / 日 外

敌军再次进攻，由于没有炮火支持，战斗力减弱，跑在前头的都被定点射杀，敌军进攻受阻。

何天亮吹响冲锋号。敌军被打退。

63. 鲲鹏山鼎罐堡 / 黔军阵地 / 日 外

战场上赢得暂时的平静。

邢贵命令向前移动，在一低洼处伺机待发，结果双方视线都被堵死，形成射击死角。

邢贵命令电台联络师部，询问增援情况。

邢贵 给师部发报，问问增援部队到哪里了。

黔军师部 （回电）死死咬住红军，湘军唐伯寅团、独立32旅、黔军柏辉章部和王天赐部以及附近的民团已经全部调往鲲鹏山一带，下午三点完成合围。

邢贵看完电报，抬眼望向山上，苦笑一下，心里嘀咕：童黔哥真是遇到了一群和他一样的人，这世界上除了我两个兄弟以外，还真有为别人去死的人……

64. 鲲鹏山鼎罐堡 / 阵地 / 日 外

落日在山间形成绚丽的弧光。

鲲鹏山已经被敌人的二十几个团团团围住。

龙云来看受伤的田海清，田海清知道52团要想全身而退绝无可能，他希望为革命保留种子。

田海清 我听当地的老乡说，沿鲲鹏山虎跳崖还有一条小路，你带200名战士走吧！攀过眼前的山崖从谷底走就可以成功冲出敌人的包围圈。

龙云　不行，我一定要和52团一起战斗到底！

田海清　师长，你为什么这么犟啊！

田海清突然拔出手枪，对准自己的脑袋。

田海清　童黔哥营长，把龙云师长送走，执行命令！

童黔哥　是！

龙云站起来给田海清敬礼，给战友们敬礼！

52团全体战士敬礼！

65. 鲲鹏山下／黔军阵地／日 外

十里八乡的民团和老百姓都被汪左抓来了，邢贵一出门就撞上了金珠。

金珠　爸爸，你们打仗，关我们老百姓什么事，为什么抓老百姓？你不会是让老百姓来给你们挡枪子吧！

邢贵　我是让民团来换防，我没有让你们抓老百姓啊！谁抓的我的女儿？

一匪兵　你女儿自己要来，她说她来救她的爸爸！

邢贵脱口而出。

邢贵　你爸爸我还用救吗？

邢贵突然反应过来。

邢贵　金珠，你知道你爸爸是谁了？

66. 鲲鹏山／战场／日 外

战斗的间隙，战士们都在闭目养神，何天亮手里捧着"红军粮"分给战友们吃，此时的何天亮想起了参军时在江西唱过的红军歌谣，便唱了起来。

战友们一边吃"红军粮",一边听何天亮唱歌。

何天亮 当兵就要当红军,处处工农来欢迎;长官士兵都一样,没有人来压迫人……

何天亮的歌声感染了战士们,大家不约而同地跟着唱了起来。

歌声的感染力越来越强,战士们从内心感激金国礼。

67. 鲲鹏山 / 黔军阵地 / 日 外

黔军和民团听到了歌声,竟有部分人放下枪聆听,熟悉这个调的士兵还跟着哼了起来。强烈的音乐起,歌声在山谷中回荡。

68. 鲲鹏山 / 鼎罐堡草棚 / 日 内

田海清躺在临时搭建的病床上,被绷带缠着的腰部还有鲜红的血迹,歌声也感动了田海清,田海清也唱了起来。

田海清 当兵就要当红军,处处工农来欢迎;长官士兵都一样,没有人来压迫人……

此时失血过多的田海清已处于弥留之际,他抓着童黔哥的手。

田海清 绝对忠诚,信念坚定,勇于牺牲!

童黔哥 绝对忠诚,信念坚定,勇于牺牲!

69. 鲲鹏山 / 我军阵地 / 日 外

何天亮突然站起身对山下大喊。

何天亮 你们为什么要打我们?难道你们都是财主、恶霸吗?我们是为全天下的劳苦大众翻身做主而战斗的军队,你们的良心哪里去了?

童黔哥 何天亮,注意隐蔽!

70. 山野 / 道路 / 日 外

金珠等老百姓被黔军和民团押着往阵地走去。金珠突然站住,凶狠地对邢贵说。

金珠 邢贵,我的"好爸爸",你为什么要打红军?我爸爸是红军,是解救老百姓的大好人,你说,你为什么要打我爸爸?!

邢贵的预感得到证实,金珠的确知道童黔哥是她的亲爸爸了,邢贵的心态顿时发生变化。

邢贵 傻丫头,不打红军,我能升官发财吗?

金珠一把抓住邢贵,往回走。

邢贵 金珠,你要干什么!

金珠 爸爸,我不让你去打红军,你不能打红军。

邢贵一个眼神,汪左过来把金珠打晕了。

71. 鲲鹏山下 / 黔军阵地 / 日 外

一名耳朵流着血,耳朵上缠着纱布的民团老兵不知道何天亮在喊什么,冒冒失失地向何天亮开了一枪。

这一枪,打破了平静。

72. 鲲鹏山上 / 鼎罐堡 / 日 外

枪声大作。

敌人的炮弹再一次打到鼎罐堡,童黔哥再次扑倒何天亮,又救了何天亮一次,何天亮又一次被感动。

田海清撑着身体来到战壕,他知道,他必须贡献最后的力量了。

田海清 童黔哥营长,52 团交给你了,红军一定要胜利!

田海清说完端起机枪,站在战壕上,向敌人射击,敌军阵地一发炮弹打来,田海清倒下。

地上有一个水壶,壶口流着水……

73. 鲲鹏山下 / 黔军阵地 / 日 外

邢贵见红军阵地完全被黔军、湘军的炮火压制,不知他是什么心态,有点担心童黔哥了。趁着炮击间隙跑出洼地的邢贵,立即跑到黔军师长张云龙面前汇报。

邢贵对张云龙说。

邢贵 山上的红匪不像红六军团主力,我们打几炮算了,不要耽误了追赶红匪主力的时间。还有,不能再开炮了,如果把人都炸死了,就不能活捉红匪的大头目,就不知道大股红匪的逃跑方向,不把红匪主力找到,师座不好向上峰交代吧。

张云龙表情古怪,多疑地看着邢贵,哼了一声,想了想还是挥手停止了炮击。

74. 山里 / 房屋 / 日 内

幻觉中，金珠似乎看见丁素园出现在山上，口里好像是在喊：孩子们不要打红军，红军是好人！

金珠摇摇头，彻底醒了，她发现自己被捆在一个破房子里，就拼命挣开绳索。

金珠想起丁素园留给她条子的情形。

【闪回】

丁素园在给金珠上课，丁素园走到金珠身边，塞给金珠一张纸条，纸条上写着：金珠，红军营长童黔哥才是你亲生的爸爸。

【闪回结束】

金珠往阵地方向跑去。

75. 鲲鹏山上 / 阵地 / 日 外

童黔哥从岩石缝里挣扎着爬出来，清点人数，此时红军只有一百余人。

童黔哥远远地看着龙云撤退的方向，笑了起来。

76. 鲲鹏山 / 黔军阵地 / 日 外

黔军阵地，张云龙师长命令邢贵带领黔军和民团再次冲锋，自己的部队跟在后面督战。

一阵不密集但十分精准的子弹打过来，邢贵的黔军和民团再次被压制。黔军不敢上前，都往后躲。

张云龙呵斥邢贵。

张云龙　天黑前拿下鲲鹏山，活捉不了童黔哥，军法从事！

邢贵听到师长说出"童黔哥"的名字，心中一惊。他知道师部已经掌握了童黔哥和他之间的情况，师长的话是在提醒自己，自己装不过去了。

77. 鲲鹏山 / 战场 / 黄昏　外

战斗从上午打到了黄昏，新一营已经从鼎罐堡山顶往坡下撤了，敌军也从山顶往坡下压了下来。

浑身是血的童黔哥带着红军不停地转移射击阵地，红军战士枪法都很准，民团和黔军师部直属部队都上不来，童黔哥心里笑道：老子要是子弹够，你们一辈子也上不来。

童黔哥突然听到一名正在观察的战士喊他。

战士　营长，你看山上！

童黔哥仔细看着山上，暗叫不好！

78. 鲲鹏山上 / 鼎罐堡山坡 / 黄昏　外

黔军在后面，民团和老百姓混在一起走在前面，朝红军阵地紧逼而来，眼看敌人马上就要接近红军了，这时金珠突然出现，挡在邢贵面前，邢贵一看是金珠，大吃一惊。

金珠　爸爸，你不能打红军，你命令部队撤回去。

邢贵正想说什么，觉得后背发紧发凉，回头一看，张云龙的手枪顶着他。

慌乱中的邢贵，马上镇静下来，他一把抓住金珠，朝着童黔哥喊。

邢贵　童黔哥，你放下武器，你们父女就可以团圆了。

79. 鲲鹏山 / 鼎罐堡 / 黄昏 外

眼前的情形把童黔哥愣住了。敌人这一招太绝了,我怎么能够伤害金珠,红军怎么能够伤害老百姓呢?

童黔哥使出缓兵之计。

童黔哥　我放下武器,你们让开路,让红军过去。

邢贵　童黔哥,这不可能,你们必须全部投降才会有生命安全。

金珠　红军不会相信你的。

金珠突然发力,拉着邢贵滚下了山坡。

童黔哥和红军抓住机会,开枪连续命中稍微冒头的敌人。所有敌人和老百姓都趴在地上不敢起身了。

80. 鲲鹏山 / 鼎罐堡 / 黄昏 外

张云龙大声喝道。

张云龙　邢贵,你就是一个饭桶!督战队上!

督战队押着民团和老百姓又继续往下追击。

81. 鲲鹏山 / 战场 / 黄昏 外

52团的红军战士已经被敌人逼到一个狭长的悬崖边上,打不能打,走不能走,已经到了绝境。

童黔哥　红军战士们,田海清团长牺牲了,但田海清团长临终前嘱咐我们不能伤了老百姓,这是红军的纪律,也是党的纪律,我们能对老百姓开枪吗?

战士们　不能。

童黔哥　我们能当俘虏吗？

战士们　我们宁死不伤老百姓，宁死不当俘虏。

童黔哥　好！52团的战友们，我们是红军的骄傲，是共产党的骄傲。何天亮，我今天正式回答你，宁死不伤老百姓，宁死不当俘虏，这就是共产党员！我们背后就是悬崖，悬崖下是黑滩河，跳下去，也许还有生的希望，不管生死我们都跳了，来生还是红军。

何天亮　营长说得对！营长，你说的共产党员我听懂了，宁死不伤老百姓，宁死不当俘虏，这就是共产党员，不管生死我们都是红军战士。

一排长　营长，我是共产党员，我先跳。

童黔哥　一排长，你还有子弹吗？

一排长　（回答）还有一颗，是留给我的。

童黔哥　留给你浪费了，那里有一个目标，干掉他，为团长报仇。

一排长一枪把张牙舞爪的黔军师长张云龙干掉了。

童黔哥　好，打死这个狂妄之徒，我死而无憾了，唯一的遗憾是不能多杀敌人了。何天亮，司号员，吹号，我们继续冲锋，不怕牺牲的红军战士跳下去，红军万岁！

战士们　红军万岁！

"红军万岁"响彻天际！

军号声中，童黔哥一纵身跳下去了。

红军战士们一个接一个跳下去。

豪气在天地间回荡，红军战士书写千古壮举！

82. 鲲鹏山 / 战场 / 黄昏 外

残阳如血,号声戛然而止。
晕倒在岩石边的金珠醒来了,突然大声喊起来。
金珠　爸……爸……!
硝烟弥漫整个画面。
【字幕】 1934 年 10 月 16 日,农历九月初九重阳节,中国工农红军第六军团第 18 师,为掩护军团主力转移大部壮烈牺牲,52 团剩余 100 多名红军战士宁死不伤百姓,全部壮烈跳崖!

83. 木黄 / 红三军驻地 / 日 外

1934 年 10 月 24 日,红六军团主力胜利突出石阡,粉碎了湘、桂、黔敌军的"围剿",北上印江与贺龙领导的红三军(已恢复红二军团番号)胜利会师。

84. 鲲鹏山对面 / 山顶 / 黄昏 外

硝烟散去,画面淡入。
一位老人老泪纵横,嘴里喃喃念道。
丁素园　作孽啊!君以此始,必以此终!
丁素园老先生带着部分乡亲在对面山头完全目睹了这一切。

85. 鲲鹏山 / 崖底 / 黄昏 外

天黑之际，老先生回头看着乡亲们。

丁素园　不怕死的跟我下沟，埋人、救人！

丁素园高高举起白布幡　勇士赴难，百姓扶摇。

丁素园老人的身后走来越来越多的人，越来越多的人……

【字幕】谨以此片献给在鲲鹏山战斗中英勇牺牲并谱写千古壮歌的红军英烈！

片尾彩蛋

【历史资料画面配画外音】

1936年1月，红二、红六军团再进石阡，八百石阡子弟踊跃参加红军，同月召开"石阡会议"。

会上决定在黔（西）、大（定）、毕（节）地区建立新的根据地，长征历史上著名的八大战役之"乌蒙山回旋战"的大幕即将拉开！

全剧终

2023年7月12日　终稿于贵阳

沙土密电

编剧：曾 羽 何梓铭 李 鸿 徐 杰

故事梗概

中央红军四渡赤水以后，在乌江北岸受到了国民党军的再一次围追堵截，如果不迅速突破乌江，就会有灭顶之灾，危急时刻，中央军委二局曾希圣局长给毛泽东同志献了一个妙计，假借蒋介石的名义给周浑元、吴奇伟发报，用假密电把国民党军的两个纵队六个师调往西部，为中央红军南渡乌江赢得宝贵的两天时间，这是中央红军谍报战的光辉战例。

1935年3月，中央红军四渡赤水后到达了乌江北岸沙土镇。此时，红九军团虽在北面的长干山、枫香坝一带佯动掩护，制造红军大军北上的假象，以吸引敌人。但如果不迅速突破乌江，依然有被合围的风险。

国民党军周浑元部正在向黔南方向行进，曾希圣带领队伍随中央纵队出发沙土，途中遭遇土匪，便命令曹科长带着电台先前往，中央纵队警卫连罗山魁连长接应曾希圣。在一阵打杀中，捕获了国民党侦察排排长银鱼，以民族大义感召他提供了重要情报。

蒋介石信心满满地飞抵贵阳计划亲自指挥，将红军一网打尽，并电令何键加强乌江沿岸守备，以阻止红军渡江东进。同时，毛泽东、周恩来、朱德等人，皆心急如焚，面对地图研究各种突围方式，但并没有万无一失的方案。最危险的还是在北面，最担心周、吴两敌军主力改向追来。南北之敌距我军都不远，假若他们发现红军在此渡江，势必会南北夹击！形势如此紧迫，能否渡过乌江，成为中央红军紧急关头的大事。

在一筹莫展之际，曾希圣回来了，从他的神情看出上面已有了决策。那就是以蒋介石的名义，越过兵团总指挥薛岳，直接给周、吴两纵队下令。蒋介石时常越级指挥，此时他亲临贵阳督战，更是直接指挥，他也曾直接给周、吴发电。情报局熟悉国民党中央军的密电程序和规律，曾局长熟知蒋介石的电文修辞和格式，曹科长熟悉敌军通用、专用两种密本，而邹副科长也能熟练模仿对方发报的惯用节奏和指法。假冒身在贵阳的蒋介石发电，令周、吴两纵队按原计划前进，如此就能避免敌我两军遭遇，以确保我军于31日全部南渡乌江。

密电发出后，曾希圣并未离开，他坐镇侦察台，紧盯周、吴两纵队反应。国民党的周、吴两纵队果然是很听话，他们严格遵行了指令，他们对电报深信不疑。

就这样，一份特殊的电报，让中央红军绝处逢生，避免了一场灭顶之劫。后来，红军又向西挺进云南，抢渡金沙江，摆脱了敌人几十万大军的围追堵截……

人物表

主要人物：

曾希圣	男，33岁，中央军委二局局长；
罗山魁	男，25岁，红军中央纵队警卫连连长；
江　团	男，22岁，黔北游击大队一小队队长，共产党员，朱莎莎男友；
田桫椤	男，23岁，红军中央纵队团长；
银　鱼	男，22岁，国民党中央军某部侦察排排长；
朱莎莎	女，22岁，国民党特务，报务员，中央特科地下党员；
曹科长	男，21岁，中央军委二局科长；
邹副科长	男，20岁，中央军委二局副科长；
褚　建	男，30岁，国民党中央军某师参谋长；
苟东风	男，26岁，国民党中央军某师营长；
阿　兔	男，24岁，国民党高级特务，报务员；
黑老七	男，29岁，土匪头子，后成为红军战士。

剧 本

淡出字幕。

【字幕】军人以服从命令为天职。

1. 群山 / 山路 / 黄昏 外

暮色中，一队红军战士在急行军，快步如飞，罗山魁见一个小战士摔倒，赶紧走过去，扶起小战士，一起往前走。小战士感激地看着罗山魁。

红军战士坚定的步伐。

2. 遵义南部地区 / 公路 / 黄昏 外

汽车的轰鸣声，国民党军周浑元部正在向黔南方向行进，路边有一个临时的指挥所，一个军官拿着手持电话，大声喊着。

苟东风　报告团长，我们距离乌江还有 80 公里，对，80 公里，但是，红军在哪里？师部要赶紧确定追击目标，否则我们就是盲人摸象，对，我现在就是没有方向，盲目行进，失去目标，怎么打仗？

团长（电话中）　摸清敌情也是你的职责。我命令你摸清敌情，执行命令吧。

苟东风　是，遵命！

"报告！"

一个军人在指挥所外立正报告。

苟东风　银排长，去乌江北岸把敌情搞清楚。

银排长叫银鱼。

银鱼　是。

3. 小山村 / 房屋 / 黄昏 内

"滴滴答答"的发报声，曾希圣一只手拿着电文，一只手在地图上找目标，他的手停在地名"沙土"处，他对屋内的人说。

曾希圣　现在是 18 时 15 分，军委命令我们随中央纵队在三个小时之内必须到达沙土。

众人　是！

4. 沙土 / 木屋 / 黄昏 内

团长田秒椤看着怀表，时针指着数字"9"，此时已经是 21 时。

田秒椤　曾希圣到了吗？

参谋　还没有到达的报告。

5. 深山 / 树林 / 夜 外

激烈的枪声，一群土匪模样的人在追打一群红军，曾希圣一边打，一边焦急地问。

曾希圣　怎么回事？我们不是冲破黔军的包围了吗？

战士　我们二局掉队了，中央纵队往前走了，我们遇到土匪了。

曾希圣　我们距沙土还有多远？

战士　　大约还有5公里。

曾希圣　　曹科长呢?

曹科长　　局长,我在这儿。

曾希圣　　曹科长,你立即带着"宝贝"(电台)去沙土,一定要按时赶到,不要误事,我带两个人顶住,掩护你们。

曹科长　　局长,我留下……

曾希圣　　收发报你是行家,还要靠你,不要争了,快走!

在山的一边,曾希圣趴在一块石头后面,突然响起枪声,追击军委二局的土匪被赶来支援的红军打退了,一个红军指挥员——中央纵队警卫连罗山魁连长,来到曾希圣面前,给曾希圣敬礼。

罗山魁　　报告曾希圣同志,我是中央纵队警卫连连长罗山魁,首长派我来接你们。

曾希圣　　来得正好!

曾希圣从石头后面起身,带着队伍急匆匆地走了。

地上有一本《康熙字典》。

6. 山野 / 小路 / 夜 外

土匪黑老七摇摇晃晃地走着,猴子扶着他,黑老七就像还在做噩梦,本以为捡到一块肥肉,不想还没有含到嘴里,就被人抢走了。

黑老七　　猴子,打我们的是什么人?

猴子　　据探子报告是红军的中央纵队警卫连。

黑老七　　怎么偏偏遇到红军,红军救过我爹的命,我不能恩将仇报,这怎么是好?

猴子　　刚才打仗时,我远远地听到一个人的声音,好像是罗山魁。

黑老七 罗山魁回来了？真是他吗？冤家路窄！

猴子 七哥，你看，前面有人！

黑老七朝猴子指的方向看去。

7. 山野 / 树林 / 夜 外

曾希圣带着队伍快速行进，罗山魁跑到曾希圣面前，对曾希圣说。

罗山魁 曾局长，沙土到了，接应你们的游击队来了，你们先往沙土行进，我接到新的命令，我执行任务去了。

罗山魁给曾希圣敬礼，曾希圣回礼。

黔北游击大队一小队队长江团来到曾希圣面前。

江团护送曾希圣往前走去，一个小村庄若隐若现。曾希圣没有想到，就在未来的儿大，在这个小村庄里发生了大故事。

曾希圣坚毅的声音。

曾希圣 继续前进！

江团陪着曾希圣走进沙土，红军团长田梺椤迎了上去。

田梺椤 曾局长，我的任务就是保卫你们！

8. 山野 / 道路 / 夜 外

国民党中央军侦察排排长银鱼奉苟东风营长之命带着两个士兵急匆匆走来侦察，银鱼有很灵敏的嗅觉，他担心有埋伏，便停了下来。

银鱼 慢，我感觉不对。

士兵站住了，银鱼的感觉很对，如果两个士兵再往前走几步，就掉进陷阱里去了。

一个士兵看见前面路边有一支步枪，枪口正对着他们。士兵吓得哆嗦起来。

士兵　是不是有埋伏？

银鱼拾起步枪一看，知道不妙。

银鱼　快隐蔽！

这时路边的树上跳下两人，一人一刀，两个国民党士兵毙命。罗山魁的手枪指着银鱼的头。

这一幕太惊心动魄了，远处的黑老七看得目瞪口呆。

9. 重庆 / 蒋介石官邸 / 日 内

蒋介石站在地图前，从地图上看，国民党中央军、黔军、湘军已经对乌江北岸的红军形成了包围之势。

蒋介石的眼睛紧紧地盯着作战地图上的"黔西"，在他的大脑里已经形成了固定思维，红军要西窜，要去黔西，然后，必然要渡过金沙江……

乌江北岸的红军到底要去哪里？这个问题一直困惑着蒋介石，蒋介石一贯很自信，他以为，防止红军向西窜是当务之急。

蒋介石　来人，发报！

10. 沙土 / 二局驻地 / 日 内

曾希圣正在看电文，红军机要员进来。

机要员　报告曾局长，昨天，中央纵队警卫连罗山魁连长抓到一个国民党中央军的探子，有重要情况，军委首长要见你。

曾希圣　军委首长一定是掌握了重要敌情！

曹科长、邹副科长你看我，我看你，他们都很敏感，大战就要来临。

曾希圣缓缓抬起头，二局肯定有重要任务。

曾希圣　我马上到沙土。

曾希圣期盼的目光。

11. 公路／帐篷／日 内

一天了，银鱼没有消息，国民党中央军营长苟东风着急起来。苟东风对连长说。

苟东风　银鱼呢？一天没有消息！蒸发了吗？

连长　我刚接到报告，去寻找的士兵回来报告，在黑山顶附近发现两具尸体，是我们的人，但银鱼不知去向。

苟东风　会不会被红军抓走了？

连长　不排除这种可能。

12. 国民党中央军师部／帐篷／日 内

苟东风笔挺地站在师参谋长褚建的面前，褚建脸色很不好看，苟东风知道，银鱼失踪，引起了震动，褚建一定是要他来收场。

褚建　苟营长，银鱼失踪，你怎么看？

苟东风　银鱼活不见人，死不见尸，一定是……

褚建　和你一样，我很关心银鱼的死活，但我更关心的是谁让银鱼下落不明的，我让你去执行一个特殊任务。

苟东风　属下听令。

褚建　6号，进来。

从帐篷外进来一个漂亮的中央军女军官，是中央军某师特勤处特务朱莎莎，代号6号。

朱莎莎　报告参谋长，朱莎莎奉命报到！

苟东风一看，来了一个花瓶，这是要我执行什么任务？

褚建　受师长委托，我要给你们下达一个重要的任务，苟东风、朱莎莎听令……

13. 沙土 / 军委指挥所 / 日 外

警卫员站在屋外，他听见毛泽东和周恩来的对话，坚定的声音。

周恩来　主席，我的意见，九军团还要继续伴装主力往北。

毛泽东对朱德说。

毛泽东　老总，九军团在哪里？

朱德　在长干山、枫香坝一带。

毛泽东　老总，你下命令吧，让九军团往北面打，一定要让敌人误以为我们的主力还在北面。

14. 某地 / 九军团阵地 / 日 外

九军团向敌人发起猛烈攻击，炮声隆隆，杀声阵阵，红军战士冲向敌军阵地，敌人败退。

军团长在看望远镜。

军团长　打得好，敌人被打退了，赶紧向中央军委报告。

15. 沙土 / 小木屋 / 日 内

田杪椤和罗山魁在审问银鱼，银鱼怎么也不肯说他的任务，也不供出他所在部队的番号、兵力等情况。罗山魁着急了，正要发作，关键时刻，江团派人给罗山魁递来一张纸条，罗山魁展开一看，上面写着一句话：银鱼的父母我们照顾得很好。

田杪椤 银鱼，你的父母是在黑山顶吧！我们的游击队把他们照顾得很好，你放心。

银鱼一听，急了。

银鱼 我说，我听你们的。

16. 天空 / 飞机 / 日 内

飞机在天空中翱翔。

蒋介石携夫人及端纳等随从、幕僚由重庆飞抵贵阳。他披挂上阵，亲临作战一线。

蒋介石自认为这将是最后一战，于是高调宣称。

蒋介石 共匪已是强弩之末，现今被迫逃入黔境，寻求渡江地点未定，前遭堵截，后受追击，浩浩长江俨如天堑，环山碉堡星罗棋布，只需收紧包围圈，即可将红军一网打尽！

宋美龄 达令，看来我们要准备在贵阳开庆功宴了。

蒋介石得意一笑。

长江俨如天堑，碉堡星罗棋布。

蒋介石如此坐镇贵阳，他是准备在贵阳大摆庆功宴。

17. 沙土 / 军委指挥所 / 日 外

罗山魁陪着曾希圣匆匆走来。

田桫椤　曾局长，快进屋，毛泽东同志、周恩来同志还有朱德同志都在等着你！

毛泽东的声音。

毛泽东　希圣来了！

曾希圣　主席，是我。

18. 沙土 / 小木屋 / 日 内

罗山魁和江团紧紧握手，江团对罗山魁说。

江团　银鱼招了？

罗山魁　感谢你支招。

江团　贵州省工委传来的情报和银鱼的供词是一致的，都说国民党中央军派了特务准备来沙土刺探军情，主要了解我军主力的布防情况和战略意图，省工委要求我们游击小队主动配合罗连长抓住这些特务，确保我军安全。

罗山魁　他们化装侦察，我们以其人之道，还治其人之身。

江团　对，我们的任务是化装拦截，任务代号：捉鼠行动。

19. 山间 / 国民党中央军师部 / 日 内

褚建对阿兔说。

褚建　我们必须有两手准备，你可以出发了。

透过窗户，阿兔看见一个排全副武装的士兵整齐排列，阿兔心里有底了。

阿兔耳边响起褚建的声音。

褚建　你有灵活处置权和最后的决定权。

阿兔低声说。

阿兔　出发。

20. 贵阳 / 蒋介石官邸 / 日 内

蒋介石还在看地图，他在分析红军可能的去向。无论如何，不能让共军跑了，必须在乌江以北歼灭共军。

蒋介石命孙渡纵队抢占镇西卫，又调湘军李韫珩帅赴紫江截击，周浑元纵队、吴奇伟纵队则向乌江渡口逼来。

军官　黔北打得很凶，共匪是不是还要去铜仁，与红二、红六军团会合？

蒋介石　可能是有的，不管东南西北，必须给堵住。

军官　是！

21. 山间 / 小路 / 日 外

苟东风一副商人打扮走在山路上，身边的朱莎莎紧紧拉着苟东风的手，不平的石板路上，朱莎莎的高跟鞋一拐一拐的，朱莎莎一惊一乍的，苟东风关切地说。

苟东风　莎莎，小心一点，别崴了脚。

前面有一个向导，后面有一个挑夫，所以他们说话特别小心。

朱莎莎　东风，委屈你了，娶了我这么一个贵州妹子，回家去拜见岳父、岳母都没有一条好路走。

苟东风　莎莎，别这么说，只要你爸爸、妈妈喜欢我，尤其是把褚老板交办的事做好，吃这点苦不算什么。

朱莎莎　东风，你真好！

苟东风　老板说，今天是3月29日，只给一天的时间，所以，我们得加快一点。

朱莎莎　好的，我不会拖你的后腿的。

22. 山间 / 山洞 / 日 内

黑老七惊魂未定，正在想着被杀的那两人，下手狠，下手准，一刀毙命，绝不拖泥带水，是红军干的吗？

这时，二寨主来了。

二寨主　大哥，我们发现一对夫妻商人，带了不少金银财宝，怎么样，大哥，干不干？

黑老七　什么来路搞清楚了吗？

二寨主　自己送上门的，谁知道什么来路！

黑老七　我担心是大水冲了龙王庙！

二寨主　哪有送到嘴的肥肉不吃的，大哥，走，搞定了再说！

黑老七　去看看热闹可以，吃就免了，就怕你吃进去吐不出来。

23. 山间 / 道路 / 日 外

罗山魁和江团一身国民党中央军打扮,带着一队人设卡盘查。这时,罗山魁看见远远地走来一对夫妻,便警觉起来。

江团也远远地看见了这对高调的夫妻。

罗山魁　那一对,是吗?

江团　很像,走近就知道了。

24. 山间 / 小树林 / 日 外

黑老七等埋伏在路边,正等着打劫,他看见了远处的罗山魁等人,觉得时机没有选对,只好耐心等待看热闹。

黑老七对身边的土匪二寨主说。

黑老七　那些兵也是来打劫的?

二寨主　大哥,我们要先下手,他们下手了,就没有我们的机会了。

黑老七瞪了二寨主一眼,意思是,你抢得过人家吗?

25. 沙土 / 木屋 / 日 内

田桫椤在审问银鱼,问他是否认识一个叫朱莎莎的,银鱼说不认识。

田桫椤　你要不要听我给你说一个故事?

银鱼　长官的故事我会很感兴趣的。

田桫椤　既然如此,你好好听着。

【闪回】

　　黑山顶下的一个小村庄,这一年出生了三个孩子,一个是银鱼,一个是江团,另一个是朱莎莎。这三个孩子长到五岁那年,村庄被一把火烧了,路过的江湖艺人牛大鼓收养了三个孩子,三个孩子一起在贵阳读书长大。

【闪回结束】

　　听了故事,银鱼说话了。

银鱼　你想知道什么?

田桫椤　你想不想见江团?

　　银鱼紧张了一下。

银鱼　想,你说说条件,我想见江团。

26. 沙土 / 二局驻地 / 日 内

　　曾希圣回到驻地,一言不发,曹科长、邹副科长两人十分着急。

曹科长　局长,情况如何?首长是怎么说的?

曾希圣　情况不明,敌情还是不清楚,这是首长们最着急的。毛泽东、周恩来两位首长要求我们加强侦听,一定要搞清楚敌人真实的战略意图、敌人的动向,否则,红军就有灭顶之灾。

曹科长　银鱼不是交代说北面有周浑元纵队、吴奇伟纵队……

曾希圣　只凭银鱼的交代还不够,军委首长就是要我们印证他们的动向,除了周浑元纵队、吴奇伟纵队,还有北面、南面、东面的敌军行进路线。

曹科长　我明白了,首长希望我们从蒋介石的电令里发现敌人行踪。

曾希圣　对,我命令二局侦听组,从现在起,24小时不间断侦听。

27. 山间 / 道路 / 日 外

苟东风和朱莎莎来到罗山魁和江团面前,罗山魁盘问。

罗山魁 你们两位是干什么的?

苟东风 我是商人,她是我太太,金沙人,我们是回金沙老家看望岳父、岳母的。

罗山魁对朱莎莎说。

罗山魁 你是金沙人,会说金沙话吗?

朱莎莎 我是金沙人,我家住在乌江北岸的沙土。(金沙话)

听到朱莎莎的话,江团突然扭过头来,江团、朱莎莎四目相对,江团心中五味杂陈,他根本没有想到会在这里见到自己最亲爱的人。朱莎莎也是一阵激动,但是,使命让他们平静下来。

江团 乌江北岸的沙土?我也是沙土的,我怎么没有见过你?(金沙话)

朱莎莎 这位大哥,沙土南门有一个大坝坝,小孩子都喜欢去那里滚铁环。(金沙话)

江团眼前出现滚铁环的场景。

江团 对对对,滚铁环,我见过。(金沙话)

苟东风 老总,盘问也盘问了,没问题了吧,我们就赶路了。

罗山魁 慢慢走,注意脚下滑。

朱莎莎有意地看了一眼江团,离去。

28. 山间 / 国民党中央军师部 / 日 内

褚建收到一份密件,他打开一看,上面写着:老板,暂时平安,计划顺利。阿鼠。

褚建露出狡诈的笑容。

29. 山间 / 小树林 / 日 外

二寨主眼看朱莎莎被"国民党军"放走，又起了歹意，二寨主对黑老七说。

二寨主　大哥，你看，国军把他们放走了，国军不要那女的，我们就有机会了。

黑老七　我都还没有压寨夫人，你着什么急？你凑什么热闹！

二寨主　大哥，我哪有这福气，我是为大哥着想，要不我们绕过去，把那女的绑了给大哥做压寨夫人。

黑老七见朱莎莎漂亮，也有了淫欲，便默许了。

二寨主一挥手，土匪们往前走去。

30. 沙土 / 二局驻地 / 日 内

时间到了3月30日清晨。侦听室的电波声还在"滴滴答答"响个不停，大家又是一夜没有休息了。

曾希圣一进侦听室，曹科长就拿了许多电文，来到他的面前。

曹科长　局长，昨天晚上敌人的发报频度突然增加，我们收到敌人十几份密电，敌人密电突然增多，说明敌人很快就要行动了。

曾希圣　密电破译了吗？

曹科长　已经开始破译了，我们一刻也不敢耽误。

曾希圣　一旦密电破译了，我们就抓紧分析研究。

31. 山间 / 小路 / 日 外

土匪二寨主带着十几人冲到朱莎莎的面前，二话不说，就开始绑人，苟东风也不是吃素的，抡起一根木棍就打开了，向导、挑夫一起参战，混战开始，二寨主的人没有占到便宜。

苟东风冲着黑老七大吼。

苟东风 有种的你过来，我把你劈成两截。

黑老七嘴巴也不饶人。

黑老七 你信不信，你过来，我伸手就打歪你的嘴。

说完，两人扭打在一起。

远处的罗山魁和江团静观其变。

江团心想 只要不伤着朱莎莎，他的心就稳定了。

罗山魁四处观察，不出所料，隐隐约约地感觉到，有十几个人从他们的侧面过去了，罗山魁拉了一把江团，耳语，用手做了一个包围的动作。

江团心领神会，带着游击小队跟了过去。

32. 山间 / 小路 / 日 外

黑老七打不过苟东风，被苟东风制服。苟东风喋喋不休地教训黑老七，朱莎莎听得不耐烦，催着赶路。

朱莎莎 别痛快嘴巴了，太阳要落坡了，你别忘了我们还要回家办"正事"。（暗语：暗杀）

苟东风 夫人言之有理。

苟东风对着远处的罗山魁等说。

苟东风　这个小土匪就交给你们国军处理了。

远处，罗山魁向他挥手再见。

33. 沙土 / 军委指挥部 / 日 内

曾希圣向军委报送最新敌情。

红军总部根据二局的准确情报，中央军委决定通报敌军各纵队师、旅乃至团的当前阵位。

朱德　发报。

机要人员记录。

朱德　蒋介石企图"截我东向，阻我南进"，鉴于吴纵队分驻数处，黔军更为分散，滇军远在赤水、毕节，川军距我有两天行程，红军应向西南转移。

朱德下令各军团从长干山与枫香坝之间向西南转移。

34. 沙土 / 镇上 / 傍晚 内

银鱼一再表示他要加入红军，他也是苦大仇深的人，田杪椤同意了。

【闪回】

田杪椤　银鱼，你要参加红军可以，但必须接受我们的考验。

银鱼　什么考验？不是拷问吧？

田杪椤　考你一次就知道了。

【闪回结束】

银鱼和两名红军巡逻，他总感觉到有人跟踪他，他明白，估计是考验开始了，说明红军对他还是不放心、不信任。

这时，银鱼发现在一栋房屋的角上有人晃动，好像是在瞄准，银鱼认为证明自己的时刻到了。

  银鱼 谁？站住！我要开枪了。

  那人拔腿就跑。

  银鱼举枪瞄准，开枪，那人越跑越远，银鱼追去……

  不远处的田枡椤目睹了这一切，他认为银鱼的警惕性还行，反应还算灵敏。

35. 沙土 / 军委指挥部 / 日 内

  机要人员报告。

  机要人员 报告首长，红三军团彭德怀、杨尚昆来电。

  毛泽东 快念。

  机要人员 朱德总司令：目前向西南寻机动很困难，首先要突破周浑元、吴奇伟及孙渡纵队，很难完成到达黔西、大定地域的战略任务，建议转向东南之乌江流域比较有利。

  周恩来 乌江？渡江？

  毛泽东点点头。

36. 沙土 / 二局驻地 / 傍晚 内

  电文破译了，都是蒋介石的作战命令，曾希圣得到重要情报，敌人企图在黔西一带形成合围，把红军歼灭在乌江北岸的黔西一带，曾希圣心里一紧，红军命悬一线。

  曾希圣 我马上去向军委首长报告，你们谁也不能离开，等总部命令！

  曹科长、邹副科长目送曾希圣。

37. 贵阳 / 蒋介石官邸 / 夜 内

蒋介石手拄拐杖坐在沙发上微微地舒了一口气，侍卫官来报。

侍卫官 委员长，按您的命令，电报都发出去了，部队今天应该在黔西形成合围，您的"张网兜鱼"计划马上就要实现，我们和红军的决战马上就要打响，而且会取得决定性的胜利，中央红军很快就不复存在了。

侍卫官注意到，他说了这么多振奋人心的话，蒋介石一点反应都没有，侍卫官有点尴尬。

侍卫官 委员长，这一段时间太辛苦了，是不是去休息一会？

蒋介石没有说话，也没有动，沉默，一枚针掉在地上都能听见的沉默。许久许久，蒋介石才开口说话。

蒋介石 我的侍卫官，你就这么自信吗？围剿，还有没有破绽？

侍卫官 委员长，您在担心什么？

蒋介石 我担心我的"命"不好。

侍卫官不能理解，蒋介石的"命"还不好吗？

侍卫官 这……

38. 沙土 / 军委指挥部 / 日 内

北有敌军追击，南有敌军阻截，毛泽东、周恩来、朱德等领导人彻夜未眠。

毛泽东分析敌情。

毛泽东 南岸之敌有唐师及郭、李两师各一部，他们在息烽堵截我军过河；北岸则是周浑元、吴奇伟两纵队主力。东边更有湘军阻拦，蒋介石已电令何键加强乌江沿岸守备，以阻止红军渡江东进。

朱德 最危险的还是北面，最担心周浑元、吴奇伟两敌军主力改向追来。

毛泽东 南北之敌距我们都不远，假若他们发现红军在此渡江，势必会南北夹击，如此一来，我已过江和尚来不及过江的部队都将被迫背水一战，其结果将比湘江血战更为惨烈！湘江之战我军尚有数日渡江时间，而今乌江两岸之敌离我们至多半日路程！乌江两岸的空间也更为狭小，我军的兵力也更为集中……

周恩来 北上、西进，或者东出，都是无路可走，都必定陷入敌军重围。而南下，亦是面临如此巨大的凶险。

毛泽东 红军危在旦夕，也许比湘江血战更可怕的结果、最坏的结果，那就是一场大劫难，全军覆没！

周恩来 据情报部门报告，敌周浑元部还派出特务潜入沙土一带，如果我们被他们发现，后果不堪设想。

毛泽东 一定要让他们有来无回。

39. 山间 / 小路 / 夜 外

江团带着一小队游击队员正在跟踪阿兔带来的敌小队，被敌人发现了。

敌兵 队长，有人跟踪我们。

阿兔 我也发现有人跟踪，看来免不了一战了。

江团和敌小队发生激烈枪战，阿兔带着敌军拼命抵抗，罗山魁从后面包抄上来，黑老七也来凑热闹，阿兔顶不住，除被打死的外，其余的缴械投降。

阿兔很奇怪，我们这么秘密的行动，红军是怎么知道的，莫非我们内部有问题？

想着想着，阿兔有点毛骨悚然。

40. 沙土 / 民房 / 夜 外

银鱼趁着夜色来到一栋民房附近，看见这栋民房警卫森严，便好奇地待下来，仔细观察。

不一会儿，房门打开，一个身材魁梧的中年人走了出来，他手提马灯，走在屋外的小路上（史称"德胜小道"），银鱼瞪大眼睛一看，惊呆了，这是毛泽东啊！

【闪回】

江西苏区反围剿战斗正在进行。

在白区的街道，来来往往的人，报童在叫卖。

报童 看报看报，活捉匪首有奖。

银鱼买了一份报，看见了报上大照片中的毛泽东。

【闪回结束】

在这里发现了毛泽东，这个意外让银鱼欣喜若狂，他认为，为党国建立大功勋的时刻就要到了。

41. 沙土 / 军委指挥部 / 夜 内

这夜，沙土镇中央红军指挥部灯火飘摇，人影晃动。

毛泽东、周恩来、王稼祥、朱德、洛甫（张闻天），还有总参谋长刘伯承、军委一局局长叶剑英、二局局长曾希圣、三局局长王诤等，他们神色紧张地望着墙上的大地图，地图上用大头针插着长方形和三角形的部队标记。

每个人都是心急如焚，某一个时刻，他们都沉着脸不说话，烟雾缭绕中，地图上红蓝交织的箭标显示着一个可怕的大危局。各种突围之可能皆已分析过，几无任何可选的出路。情势如此紧迫，而他们几乎是一筹莫展了。

能否渡过乌江，此乃中央红军紧急关头的大事。

曾希圣急忙报告。

曾希圣　主席，我们破获了敌人的大批密电。

周恩来　说说情况。

曾希圣走到地图前。毛泽东、周恩来、朱德等首长，皆神色紧张地望着墙上的大地图，地图上用大头针插着长方形和三角形的部队标记，这个时刻，他们都沉着脸不说话，烟雾缭绕。

曾希圣一边报告，参谋长就移动地图上红蓝交织的箭标。

曾希圣　我们破获的最新敌情，周浑元纵队郭思演第99师在贵阳附近，吴奇伟纵队唐云山第93师在养龙镇，湘军李韫珩第53师正由遵义经养龙镇南下，这养龙镇距乌江南岸仅半天路程。

地图上显示着一个可怕的大危局。

周恩来　敌人想把我们逼到黔西、大定一带，然后围剿我们。

曾希圣　还有更为严重的，周浑元、吴奇伟两敌军主力今向泮水、新场前进，距离我们很近，还好他们还没有发现我们。

周恩来　据可靠情报，周浑元派来的探子，马上就要到我们眼皮底下了，敌人发现我们也有可能。

毛泽东　让我想想。

42. 沙土 / 军委作战室 / 夜 外

银鱼正在巡逻，当他又想去"德胜小道"的时候，突然听见不远处的木屋里传来"滴滴答答"的声音,他很好奇,赶忙跑过去凑近一看,是发报室。银鱼若有所思,这里的秘密还真多,他意识到,沙土一定有红军的重要指挥部。

这时,他的身后有人说话。

田杪椤　银鱼,你是在巡逻还是在偷看红军的秘密?

银鱼　报告团长,我是在巡逻,我听见"滴滴答答"的声音,有点好奇,忍不住走过来看了一眼。

田杪椤　你平时表现不错,就是好奇心太强,好奇心太强对你没有好处,好好去巡逻。

银鱼　是。

田杪椤走远了,银鱼背上的汗珠子在淌,银鱼觉得田杪椤总是像影子一样跟着他。

银鱼没有安全感。

43. 沙土 / 军营 / 夜 外

罗山魁、江团押着阿兔等俘虏来到沙土,刚好遇见路边的田杪椤,田杪椤看见罗山魁,把他拉到一边,压低嗓门说。

田杪椤　敌人可能已经盯上军委二局,要想方设法保卫好二局。一会儿你到我的驻地,我有话说。

罗山魁　执行命令!

田杪椤　不要大喊大叫,多动脑子!

44. 沙土 / 军委指挥部 / 夜 内

指挥部里气氛依然紧张。朱德自言自语地唠叨。

朱德　想在黔西、大定"张网兜鱼",我们又不是瓜娃子,红军最好的出路还是南渡乌江!

周恩来也在动脑筋。

周恩来　蒋介石为什么把"张网兜鱼"定在黔西、大定呢?

毛泽东　蒋介石很自负,他断定我们中央红军的主力一定会去黔西,然后往西走。目前,中央红军主力在乌江北岸的狗场、安底、沙土一带待渡,假若周、吴敌军在向泮水、新场前进中发现此情而改向追来,双方距离仅有二三十公里,我们就很危险了。如果让周浑元、吴奇伟两敌军主力继续去黔西呢?这样可以为我们南渡乌江多争取两天的时间,可是周浑元、吴奇伟会按我们的意愿行进吗?

沉默了许久的曾希圣突然开口。

曾希圣　主席,我有一计。

45. 沙土 / 朱宅 / 夜 内

朱家迎接女儿、女婿,一会儿,恢复了平静。

苟东风要出去"侦察",朱莎莎一把抓住他,苟东风吃了一惊,这娇滴滴的弱女子,这么大的劲。

苟东风　你要干什么?

朱莎莎　你干什么我就去干什么,上峰给我的命令就是时时刻刻不离开你,保护你!

苟东风　保护我？你能行？我倒是有个事情，明天要去办，别总跟着我，我要去书店看有没有一本书。

朱莎莎　那我陪你去，你的任务就是我的任务。

苟东风拿她没办法，只好答应。

46. 沙土 / 山地 / 夜 外

罗山魁正在执勤，黑老七貌似执勤地跟在罗山魁后面。一会儿黑老七走了过来，罗山魁发现了黑老七，猜想黑老七是来找他讲和的，两人便坐在一块大石头上聊起来。

黑老七　山魁，我们之间的恩怨你说怎么了结？

罗山魁　你帮我一个忙，既往不咎。

黑老七　我当年的确是不小心误伤了令尊大人，你大人不记小人过，我悔改，你说，要我帮什么忙？只要我能做到的，赴汤蹈火在所不惜。

罗山魁　好，你有态度也行，就看行动了。你去想办法把阿兔放了，要做得巧妙。

黑老七　你让我去把国民党特务放了？你给我挖一个坑，让我跳进去，然后你把我埋了，你够狠的。

罗山魁　不，你误解我了，我要让你假装成为他们的人，成为对我们有用的人。

黑老七　成为他们的人，对你们还有用？你什么居心？

这时，戒严的哨声响起。

47. 沙土 / 街道 / 夜 外

苟东风和朱莎莎刚打开屋门,就感到出行不方便了,街道上四处都是岗哨,到处喊口令,两人寸步难行。

苟东风远远看见两位红军战士向他们走来,两人进退两难。

红军战士　口令!

朱莎莎操着金沙话说。

朱莎莎　这是我家,我们准备去我姑姑家取一件衣服。

红军战士　戒严了,没有口令,哪里都不能去。

朱莎莎　我们遵守,我们进屋。

48. 沙土 / 朱宅 / 夜 内

朱莎莎　东风,外面守得这么严,我们根本出不去啊!

苟东风若有所思地边走边想。

苟东风　这样,莎莎,如果明天还是这样戒备森严,我是外地人、外地口音,我出去不方便,你代替我去一趟,但是,你要注意安全。

朱莎莎　到底是买什么书?非买不可吗?

苟东风　以后你就知道了。

49. 沙土 / 街道 / 夜 外

罗山魁把口令告诉了黑老七,黑老七才敢走在街道上,一个士兵对着他喊。

士兵　口令！

黑老七　曙光！

士兵让黑老七过去了。

罗山魁跟在后面。

黑老七不知道这口令是罗山魁为阿兔"量身打造"的。

罗山魁这样做的目的，是让黑老七去引诱"别人"表演。

50. 沙土／街道／夜 外

离开军委指挥部，曾希圣急匆匆地往军委二局走，正好走到朱家大门口，迎面碰上急匆匆路过的罗山魁，罗山魁一个敬礼。

罗山魁　报告曾局长，罗山魁奉命执勤，请指示。

这时的曾希圣心里只有任务，哪顾得上和罗山魁讲话。

曾希圣　罗山魁？忙去吧，我有急事。

罗山魁　你一忙，我们就要打大仗了。

曾希圣　不要乱猜，不要暴露军情。

罗山魁　二局往左转，不要走错了。

曾希圣　谢谢！你不提醒，我还真走错了。

"二局"，很敏感的字眼，他俩的对话被贴着房门的苟东风和朱莎莎听得清清楚楚。

苟东风　太好了，二局在沙土，踏破铁鞋无觅处，自己送上门了，看你还能忙几天。

朱莎莎叫苟东风"狗东西"。

朱莎莎　"狗东西"，你找到目标了？行动的时候，可不能落下我。

51. 沙土 / 二局驻地 / 夜 内

夜幕中划过一道亮光,是手电筒晃动的亮光。曾局长回来了,他风风火火地闯进侦听室,从他的神情一望而知,最高层指挥者已有了决策。曾希圣的神情旋即变为镇定,是临战前的那种镇定,镇定中其实是有一丝紧张。

曾希圣回到了二局,曹科长、邹副科长两人急忙围了上来。

曹科长　局长,任务领来了?

曾希圣　嘘!

曾希圣察看四周,把门关紧。然后坐下来,三个人的头紧紧地靠在一起,曾希圣轻声地说。

曾希圣　绝密任务。只是……

曹科长　只是什么,局长?

曾希圣　我的《康熙字典》在打仗时遗失了,现在需要买一本《康熙字典》,但是不知能不能买到。你派人明天到街上的书店看看,一定要注意特务,别被盯上。

曹科长　明白。

52. 沙土 / 木屋 / 夜 内

临时监房,阿兔被严严实实地捆着,躺在地上,黑老七如入无人之境,他打开门,对阿兔说。

黑老七　阿兔,我来救你,快走。

阿兔　你是谁,你为什么救我?

黑老七　我是黑老七,当年我不小心误伤了罗山魁的爹,万万没想到,罗山魁回来了，我怕他报复我杀了我，我就想投奔国军，我救了你就有投名状了，快走！

阿兔疑惑地看着黑老七。

黑老七　快走，否则就走不了了。

室外响起呼喊声　黑老七放走阿兔了，快抓住他们。

黑老七和阿兔走了出来，阿兔看见地上躺着两个红军，阿兔估计是黑老七杀的，才对黑老七放松警惕。

53. 沙土街上 / 书店 / 日 内

曹科长安排了一名战士到书店。战士武装得很严实，左瞅右瞧见没人便走进了书店，正好经过书架前发现楼上有双眼睛在看，便假装拿了一本书快走出去。

朱莎莎发现了什么，但又不是很明白。

朱莎莎走到书架前，把《康熙字典》拿起来看，只剩下个书壳。

54. 沙土 / 二局驻地 / 日 内

战士把《康熙字典》递给曹科长。

曹科长　书买回来了！这可是上级给我们的指示。

战士　刚才有人看到了我，这本书书店只有一本，被我偷梁换柱了。

曹科长在想，还有谁需要这本书呢？

55. 沙土 / 朱宅 / 日 内

朱莎莎回来后并没有把有人买走《康熙字典》这件事告诉苟东风，她没有和苟东风说实话。

朱莎莎　书店里没有你要的这本书。

苟东风　不可能，这本书没有人会买，他是我们国民党的明码字源，确定没有看到这本书？

朱莎莎这才明白了《康熙字典》的重要性。

朱莎莎　反正书架上我看了个遍，也没有看到。

56. 沙土 / 二局驻地 / 日 内

曾希圣拿起这本刚买回来的《康熙字典》冲着破译科曹科长、邹副科长二人说。

曾希圣　国民党使用的很多密码，都是以明码为基础，而明码是以《康熙字典》为字源。这本《康熙字典》有47035个字，214个部首，其中有一万个字被编成明码。

曾局长随意翻弄几下。

曾希圣　这本字典你们也看了，我倒是想问，这四万多个字里，同音字多的是，但有一个字，有同音无同声，你们谁知是哪个？

这个可真把大家给问倒了。曾希圣倒不是要为难大家，他更像是在自言自语，提问和作答，都好似是他独自在沉吟。

曾希圣　命。

大家恍然大悟。

曹科长　局长，别绕圈子了，你就直截了当安排任务。

曾希圣　好，我们的任务是……给周浑元、吴奇伟发报。

曹、邹两人不解的目光。

曾希圣　命，还在我们手里，天无绝人之路。

57. 沙土 / 二局驻地 / 日 内

曹科长来回踱步，想了想又来到曾希圣的住所。

曹科长　今天战士回来说，买书的事被人看到了，除了我们还有谁会买？

曾希圣笑了笑。

曾希圣　那自然是对付我们的人。

58. 沙土 / 小屋 / 日 内

罗山魁和银鱼商量工作，罗山魁对银鱼说。

罗山魁　江团一会儿要送一份军委机要处的保卫方案过来，现在是特殊时期，必须由部队和地方游击队共同实施这个方案。

罗山魁还有意说了一句。

罗山魁　银鱼，你和江团很久不见了吧！这次真有缘，你们这对老朋友马上就要见面了。

银鱼　是啊，是啊！我也很想见见江团，时间长了，就怕江团不认识我了。

江团的声音传来。

江团　罗连长！文件交给机要员，我刚接到命令，有新任务，我就不进来了。

罗山魁 好的,谢谢江队长。

银鱼长长地出了一口气。

59. 沙土／二局驻地／日 内

曾希圣把任务一说,曹科长想,发一份电报不难,毕竟蒋介石的行文口吻、行文方式、行文风格我们都有所了解,但是,稍有不慎,就会暴露,后果不堪设想。

曹科长以为这是一步妙棋,当然也是一步险棋,邹副科长也是眉头紧锁。

邹副科长 假如这假电报被识破……如此就……

曾希圣 没有这个假如!

曾局长将拳头猛地砸在桌子上。

曾希圣 所以,我们必须做到万无一失,不能有丝毫不慎。

曹科长 还有一个问题,如果我们模仿得很逼真,但周浑元、吴奇伟不听怎么办?

曾希圣 当然模仿得逼真还不是最终目标,要让周浑元、吴奇伟听话才是目的。

一直在思考的邹副科长说话了。

邹副科长 周浑元、吴奇伟应该会听话,蒋介石越过指挥官给下级下命令是常事,周、吴二人不会感到奇怪。蒋介石在大战之前喜欢笼络人心,把称谓写得很亲切,我们可以模仿,最后一点就是措辞严厉一点,周、吴无法核实,只能执行。

曾希圣 还有,军人以服从命令为天职,如果不执行蒋介石的命令,就是杀头的罪,周、吴没有时间辨别电报的真伪,只能执行。

曹科长　那就干！

邹副科长　干！

曾希圣　好，干！

60. 沙土 / 小树林 / 日 外

罗山魁见到江团，江团对罗山魁说。

江团　刚才你们说话的时候我仔细观察了，这个银鱼是假的，我敢肯定，真银鱼一定是被假银鱼杀害了。

罗山魁　敌人假扮银鱼的目的是什么呢？

江团　会不会是那边？

江团指了一下二局驻地。

61. 沙土 / 二局驻地 / 日 内

曾希圣三人讨论电文，曾希圣拿着数份破译的电报，反复揣摩蒋介石的电令语气和行文风格。通过破译众多密电，蒋介石的电令语气和行文风格已经是了然于胸了，只要稍加揣摩，做到神似都不难，现在最难的就是电文指令怎么写了。

曾希圣　如果电令敌军停止不动，是不是太露骨了？

曹科长　不好，如果被敌人发现，可能会弄巧成拙。

曾希圣　让国民党的追兵往两边岔开走。这样，就可以和红军错开方向，不成直线追击红军了。即使敌军发觉，时间已被耽误了几天，红军就有机会南渡乌江了。

曹科长　这个方案好，局长，你写我发。

62. 山间 / 竹林 / 日 外

江团带着游击队员上山砍竹子，做竹筏。

江团　同志们，大家加油啊！红军需要大批的竹子，我们一定要按首长的要求在规定时间内完成任务。

江团看见前面有一个"战士"扛着一根竹子往江边走，身体晃了晃，差一点摔倒，江团赶紧上去扶了"他"一把，就在这瞬间，"战士"突然回头，原来是朱莎莎，四目相对，五味杂陈，江团正要问话，朱莎莎示意他不要说话。朱莎莎看了看四周，大声说。

朱莎莎　谢谢队长，你们招民工我就来了，我要挣钱养家，我身体吃得消，我能行，你放心。对了，这里的乌江鱼好吃，知道谁卖吗？

江团迟疑了一下。

江团　朱家的乌江鱼好吃，朱家有卖。

【闪回】

江团、朱莎莎、银鱼在朱家吃乌江鱼。

朱莎莎　江团，如果有一天我离开你了，只要再见面，不管我是什么样子，你都要听我的，帮助我。

江团不解地看着朱莎莎。

朱莎莎　如果我们还有下一次见面，不要忘了请我吃乌江鱼。

江团　莎莎，你要去革命？

朱莎莎　嘘！

【闪回结束】

这时田桫椤来了，田桫椤看了朱莎莎一眼，看来田桫椤和朱莎莎并不陌生。

田桫椤　江队长,你去江边看看竹筏子扎得怎么样了,我正好有事要问这个小战士,把"他"交给我,你放心好了。

田桫椤团长说了,江团只好离开,他带着疑问走了。

63. 贵阳 / 蒋介石府邸 / 日 内

蒋介石　红军现在是什么情况?

侍卫官　据前方报告,一股红军正往北面走,一股红军正往西面窜,很快就要进入黔西、大定,都在您的掌控中。

蒋介石　没有这么简单吧?红军不会老老实实地跟着我的指挥棒走吧!

侍卫官　这……

蒋介石　乌江北岸怎么样?

侍卫官　乌江北岸很平静,周浑元的人已经到乌江去侦察了,他想亲自掌握情况,保证万无一失。

蒋介石　但愿不会节外生枝。

64. 乌江 / 大塘渡口 / 夜 外

一队红军抬着扎好的竹排来到乌江岸边,水里有十几艘木船,红军首长在指挥架浮桥,罗山魁在警戒,银鱼紧随其后。

罗山魁看见苟东风等人抬着一个门板,上面躺着一个病人,朱莎莎也跟着人群跑,苟东风的声音。

苟东风　红军医院在左边吗?人命关天,不要弄错了。

银鱼用怪异的眼神看着这群人,这个时候,谁病了?

65. 沙土 / 二局驻地 / 夜 内

有夜鸟在暗处鸣叫，粗哑拉长的怪叫声。曾希圣、曹科长等人屏息静听这叫声，都不自觉地微微摇头。他们不知这怪鸟的名字，于是相视一笑，顿觉有些轻松了，便立马开始工作。

曾希圣顺手拿起一份最新破获的密电　察赤匪行动，飘忽不定，我军剿匪作战，处置贵在神速……

曾局长扫一眼这电文，找一下蒋介石行文的感觉，便拿起桌上的红蓝铅笔。他忽又放下这铅笔，又微笑着从兜里掏出派克自来水笔。这是红一军团赠送给他的战利品。墨水已不多，平时他是很舍不得用的。他便埋头写了起来。

很快曾希圣就拟定一份假冒的电令上报首长，中央军委决定，大胆一试。

66. 贵阳 / 蒋介石府邸 / 夜 内

蒋介石　乌江不会平静的，只是我们不知道毛泽东在做什么。我们的枪炮比毛泽东强，我们的情报工作可是不敢恭维啊！

侍卫官洗耳恭听。

67. 沙土 / 二局驻地 / 夜 外

银鱼窜到二局驻地附近，他看见屋内来来去去走动的曾希圣，断定他就是负责人，银鱼掏出手枪，刚把手枪举起来准备瞄准，一把小刀扎在银鱼手上，银鱼"哎哟"一声，看见罗山魁站在面前，扭头就跑。

罗山魁　银鱼，你跑不掉的。

不远处的苟东风看见了这一切。

68. 沙土 / 二局驻地 / 夜 内

屋外的打斗对屋内的工作根本没有影响，"滴滴答答"的发报声持续不断，曹科长稳稳当当地把电报发出去了。

曾希圣　电报发完了？

曹科长点点头。

曾希圣长长地出了一口气，他希望这份电报能够迷惑敌人，扭转战局，让红军转危为安。

69. 黔北某地 / 国民党中央军作战室 / 日 内

"滴滴答答"的电报声，报务人员在紧急收报，电讯科长拿着一份电报，急匆匆走进作战室。周浑元和吴奇伟正在看地图。

电讯科长　报告，蒋总司令密电。

周浑元看了吴奇伟一眼，从电讯科长手里接过电报。

周浑元看完电报，伏在地图上，"黔西""大定"。

周浑元　蒋总司令命令我们往黔西一带运动，完成围剿计划。

吴奇伟　尚方宝剑来了，马上召开作战会议落实。

70. 沙土 / 田间 / 日 外

苟东风和银鱼见面了。

银鱼　我失手了,没有干掉红军的谍报局长,不过我发现毛泽东了,这次我一定不会失手了。

苟东风　你发现毛泽东了?我的判断印证了,我分析,红军要渡江,不是委员长说的去黔西。

银鱼　这个情报很重要,我们要抓紧发给周司令,否则,我们就要中红军的迷惑计了。

苟东风　我知道问题的严重性,我去安排朱莎莎发报,不过我隐隐约约觉得朱莎莎不可靠。

银鱼　据银鱼交代,朱莎莎没问题,不要疑神疑鬼的哪!

【闪回】

假银鱼正在审问真银鱼。

假银鱼　银鱼,你是和朱莎莎一起长大的,你喜欢朱莎莎?

银鱼　我喜欢她有用吗?一个没有脑子的姑娘,不知道江团给她灌了什么迷魂汤,认死理。

假银鱼　你说她认死理,她对党国忠诚吗?

银鱼　这个没有问题,我敢用脑袋担保。

【闪回结束】

银鱼走了,苟东风还在沉思。

71. 山间 / 道路 / 日 外

周浑元、吴奇伟的两个纵队朝黔西、大定方向猛扑过来。

吉普车上的周浑元踌躇满志，一副打大仗的兴奋感，这时，情报官来到周浑元面前。

情报官　报告周司令，刚才我们接到阿猫的电报，只收了一句电文，就联系不上了。

周浑元　念！

情报官　"据可靠情报，红军往西……"，就这么一句。

周浑元　这句电文有什么问题？

情报官　下属愚钝，还没有分析出来。

周浑元想，阿兔壮烈牺牲是有可能的，只要在黔西消灭了红军，阿兔的牺牲也是值得的，好在我还有阿猫。

周浑元　全速前进。

72. 山间 / 小屋 / 夜 外

苟东风（阿猫）躺在地上已经断气，桌上的发报机已经损坏，发报机是热的，说明刚发过报。

朱莎莎站在一旁，看着死去的苟东风。

朱莎莎　狗东西，罪有应得！

朱莎莎手臂负伤，血流不止，田桫椤站在朱莎莎前面，手上的枪冒着烟，看得出，刚才这里发生了激烈的枪战。

田桫椤　6号同志（朱莎莎），我送你去红军医院，你也该"回家"了。

朱莎莎　不，5号同志（田秒椤），我的任务还没有完成，我不能"回家"，阿兔要炸浮桥，你赶快走，我要回周浑元部。

　　这时，朱莎莎听见脚步声。

　　朱莎莎　5号同志，快走，保护浮桥。

　　朱莎莎朝着田秒椤的头顶上开了一枪，这时，江团赶到，看见有人枪击田秒椤，他朝朱莎莎开了一枪，打在朱莎莎腿部，朱莎莎倒地。

　　田秒椤　江团，你干什么！

　　这时阿兔带着一队人来了，为了把朱莎莎交给阿兔，田秒椤命令江团。

　　田秒椤　撤！

　　江团　为什么撤？

　　田秒椤　执行命令！

73. 大塘 / 渡口 / 夜 外

　　夜深人静，阿兔带着几个残余的士兵来到渡口，朱莎莎腿上打着绷带，也一拐一拐地跟了过来。朱莎莎问阿兔。

　　朱莎莎　炸药运到了吗？

　　阿兔看见银鱼轻手轻脚地来到渡口，斜着眼看着朱莎莎。

　　阿兔　银鱼，你来得正是时候，大家都齐了。朱莎莎，你回答我几个问题。

　　朱莎莎　阿兔，你要干什么？炸桥要紧，你这是审问我吗？

　　阿兔　苟东风是不是你害死的？我们一小队党国的精兵强将是不是你暴露给共军的？

　　这时，银鱼命令点炸药了。

　　银鱼　阿兔，只有你有工夫吵架，把朱莎莎带回到周浑元司令的审讯室，一上刑不就清楚了吗？

就在这时，田桫椤、罗山魁、江团带着警卫连的红军包围了敌人。

罗山魁　银鱼、阿兔、朱莎莎，投降吧！你们的炸药已经被我们喂鱼了，你们炸不了桥了。

阿兔举枪射向罗山魁，被江团一枪打死，银鱼见势不妙，拉着朱莎莎逃离了浮桥，红军战士一阵射击，银鱼被打死。

黑老七不知从什么地方冲了出来，他端起一把花机关，向红军射击，然后拉着朱莎莎，带着几个残兵败将消失在夜幕中。

田桫椤目送朱莎莎、黑老七远去，敬军礼。

田桫椤　朱莎莎、黑老七，祝你们一切顺利！

74. 沙土 / 军委指挥部 / 夜 内

指挥部气氛紧张，毛泽东、周恩来、朱德等红军领导人齐聚在指挥部，等待渡江命令。

参谋长报告。

参谋长　报告首长，红一军团突击排已经渡过乌江，占领了滩头阵地。

毛泽东　总司令，下命令吧。

毛泽东向朱德点点头。

朱德　好，我命令，各军团从今夜 2：30 起，南渡乌江！

75. 乌江 / 渡口 / 日 外

红军浩浩荡荡走过浮桥，渡过乌江。

敌机低空飞行，投弹，爆炸，激起水花。

毛泽东、周恩来、朱德等领导人来到渡口，毛泽东一挥手，一行人大踏步地走上浮桥。

毛泽东哈哈一笑，风趣地说。

毛泽东　这是蒋介石欢送我们的礼炮。

田杪椤、罗山魁等警卫人员掩护首长们迅速渡过乌江。

乌江水，浪花涛涛。

76. 大塘 / 山脊 / 日 外

在山的高处，朱莎莎目睹了红军战士渡江的壮阔场景，朱莎莎情不自禁地向渡江的红军战士敬礼。

【闪回】

田杪椤　6号同志，组织还希望你继续战斗在敌人心脏。

朱莎莎　5号同志，6号一定不辱使命，坚决完成好党交给我的任务，我一定不辱使命！

【闪回结束】

朱莎莎毅然决然地奔赴新的战场。

77. 沙土 / 天空 / 日 外

天空中，敌军在侦察，透过玻璃窗，飞行员看到了红军渡江的大场面。

飞行员"唉"了一声。

飞机升空而去。

78. 贵阳 / 蒋介石官邸 / 日 内

蒋介石唉声叹气，他没有想明白，红军为什么没有去黔西，而是南渡乌江？

一份假电报，使中央红军绝处逢生，避免了一场灭顶之劫，但是蒋介石并未觉察红军假借他的名义发密电。

蒋介石感慨万千，发出了以下电文：

察现在大部股匪，任意窜渡大河巨川。而我防守部队，不能于匪窜渡之际及时制止，或于匪渡河之际击其半渡。甚至匪之主力已经渡过，而我军迄无察觉。军队如此腐败，实所罕见。推其缘故，乃由各级主管官事先不亲身巡查沿河地形、详询渡口，而配置防守部队。及至部队配置后，又不时时察其部下是否尽职，并不将特需注意之守则而授予防守官兵。是上下相率懒慢怠忽，敷衍塞责。股匪强渡，乃至一筹莫展，诚不知人间有羞耻事。军人至此，可谓无耻之极。此次匪由后山附近渡河，在一昼夜以上，而我驻息烽部队之主管官尚无察觉。如此昏昧，何以革命。着将该主管官黄团长道南革职严办，以为昏惰失职者戒，并通令各部知照。此令！

79. 村庄 / 房屋 / 日 外

土墙上写着"拿下贵阳城，活捉蒋介石！"的标语。
红三军团一队队红军战士急行军通过。

80. 贵阳 / 蒋介石官邸 / 日 内

参谋长来报。

参谋长 据飞机侦察，朱、毛红军主力已经渡过乌江，有进犯贵阳的趋势。

蒋介石焦躁万分，令发电。

蒋介石 令滇军孙渡纵队即日到贵阳，以此加强贵阳周边防务。急令唐云山第 93 师的一个团火速赶往贵阳。

81. 山间 / 道路 / 日 外

孙渡率部朝贵阳行进。

贵阳以东约 40 里处，红军主力部队突然转向西南，从贵阳和龙里间公路穿过。此乃国民党军防线唯一的空隙。

龙里和贵阳都有敌军，我们的大部队就在此间快速穿过，趁敌人尚未觉察，否则就会遭受夹击。

军委纵队司令员刘伯承站在山岗上亲自督阵，不断地催促。

刘伯承 快走！快走！一定要在中午 12 点前翻过前边那座山，不然就麻烦了！

此刻蒋介石若是在飞机上巡视，就会看到这个有趣的战场：两支部队正在背道而驰，国民党军往东奔走，红军主力朝西南疾行。然这贵州之地山势陡峻，山路蜿蜒盘曲，即便是两山相望，两处的人马真要追到一起，恐也需要一两日路程。

82. 高山 / 山脊 / 日 外

一队队红军战士走在山脊上，田桫椤和罗山魁走在队伍里。毛泽东对周恩来说。

毛泽东　我们南下走的是一条"弓背路"，先转经滇北，然后北渡金沙江。

说完，毛泽东微笑不语，他用红色铅笔在军用地图上画出一条醒目的红线。

周恩来　由贵州向云南，入云南再折转，北上直指金沙江。

朱德　走这样的"弓背路"值得。

毛泽东　好一个大迂回！我们转个弯，敌人跑断腿！

众人大笑。

全剧终

2023 年 10 月 25 日于都匀市委党校

剑走偏锋

编剧：曾 羽 李 鸿 徐 杰 申云富

故事梗概

1936年2月，在贺龙、任弼时、关向应、萧克、王震的率领下，红二、红六军团强渡鸭池河，占领黔西、大定、毕节三县，创建黔大毕革命根据地，并成立中华苏维埃人民共和国川滇黔省革命委员会。

正当红二、红六军团在黔大毕地区开展轰轰烈烈的革命斗争之时，国民党蒋介石从南京飞抵贵阳，调集80个团的兵力向黔大毕紧逼包围，追击红二、红六军团。由于敌强我弱，红二、红六军团指挥部决定在运动战中粉碎敌人的围剿，拟转移到安顺创建新的革命根据地，由此拉开了乌蒙山回旋战的序幕……

人物表

主要人物：

乔　巴　　　男，22岁，红二军团红四师十八团侦察排排长；

杨　钰　　　女，20岁，乌蒙山樱桃园游击小分队队长；

包谷秆　　　男，17岁，红二军团红四师十八团侦察排战士；

罗大树叶　　男，28岁，红二军团红四师十八团侦察排班长；

阿　熊　　　男，45岁，猎人，乌蒙山樱桃园游击小分队队员；

老油鸡　　　男，30岁，乌蒙山哲庄坝土匪头子；

桑　缇　　　女，25岁，乌蒙山哲庄坝土匪头子老油鸡的压寨夫人；

罗　布　　　女，18岁，乌蒙山哲庄坝土匪；

郝　多　　　男，30岁，红二军团第四师军团特派员；

王卫璋　　　男，32岁，国民党万耀煌部十三师第一团团长；

魏桐乡　　　男，27岁，国民党万耀煌部十三师第一团营长；

傻瓜连长　　男，24岁，国民党万耀煌部十三师第一团连长。

剧　本

1. 乌蒙山 / 山路 / 日 外

莽莽乌蒙山，连绵起伏，山峰刺破天际，高山顶上覆盖着白雪，大雪纷飞，寒风刺骨。

山脊上走着一支步履艰难的队伍，绵延数里。

山风"呜呜"地呼啸。

2. 哲庄坝一带 / 村庄 / 日 外

大山里有一个小村庄叫樱桃园，因为盛产樱桃而得名。这里有二十多户人家。一个大户人家正在杀猪过年，用石头砌的土灶，火苗上窜，锅里的水已经沸腾了。

一个老板模样的人正在里里外外地张罗着。

院坝里的门板上，来帮忙的七八个人压着一头猪，只见猎人阿熊举起一把杀猪刀，朝猪脖子猛刺过去。

一股血喷了出来。

一个大木盆把猪血接住了。

3. 山腰 / 道路 / 日 外

红二军团红四师十二团侦察排走了过来，小战士包谷杆脚一滑，差一点摔倒，排长乔巴一把抓住包谷杆，包谷杆稳住自己，往下一看，妈呀！万丈深渊。

包谷杆　排长，谢谢您又救我一命。

乔巴　包谷杆，走路细心一点，这山路，时时有危险，我们不能做无谓的牺牲。

包谷杆　排长，不是我不小心，腿软。

乔巴　饿了？

包谷杆点点头。

乔巴知道战友们已经两天没有进食了，就吃几个野果一点都不顶饿，怎么完成任务？他看看不远处的村庄，也许村庄里可以找到一些吃的，他快步朝村庄方向走去。

4. 哲庄坝一带 / 村庄 / 日 外

躺在门板上的猪已经不能动弹了，阿熊熟练地用砍刀砍下猪头，这时，穿着一身男人衣服的乌蒙山樱桃园游击小分队队长杨钰从屋里走了出来。

杨钰　阿熊，情况不对，贵州抗日救国军席大明大队长派人带来一封信，说……

"轰、轰"，突然炮声传来。

阿熊　说什么了？

杨钰　说红二、红六军团红军主力已经撤离毕节……

"轰"，一颗炮弹落在杨钰、阿熊不远的地方爆炸，气浪把杨钰、阿熊掀倒。

门板上的猪头冲到天上。

5. 山腰 / 道路 / 日 外

炮声让侦察排全体战士警觉起来，乔巴从望远镜里看到，樱桃园村里已经有老百姓被炸死、炸伤了，乔巴脸色一下变了。

乔巴　同志们，包谷杆……

乔巴的嘴被一双大手蒙住，是班长罗大树叶。

罗大树叶　排长，冷静，我知道你要说什么，军团首长准备打一场大仗，撕开一个口子，以便跳出敌人的包围圈，首长给我们的任务是侦察，不是救人。

乔巴甩开罗大树叶的手，乔巴激动地说。

乔巴　难道我们就眼睁睁地看着老乡被敌人炸死？我们能见死不救吗？罗大树叶你还是红军吗？这个时候，我没有时间和你争论，先救人后侦察。

罗大树叶拉住乔巴的手。

乔巴　让开，红军战士跟我上！

罗大树叶刚被推开，乔巴就朝樱桃园奔去，包谷杆等战士紧跟而去。

【推出片名】剑走偏锋

6. 哲庄坝一带 / 土匪窝 / 日 内

乌蒙山哲庄坝有一个土匪窝，说是土匪窝，其实就是一个很大的山洞，住着百来口人，土匪头子是老油鸡，人称"大东家"。这个老油鸡"油"到什么程度？吃亏的事不做，得罪人的话不说，欺压百姓的事不做，山里山外都出了名。

老油鸡　兄弟们，听说今天樱桃园有一个大户人家在杀猪，我们也去凑凑热闹，老规矩，吃大户，不能欺负老百姓。

小土匪罗布最兴奋。

罗布　好嘞！好想吃肉。

老油鸡　想吃就跑快点。

土匪们一哄而出。

7. 山头 / 阵地 / 日 外

国民党万耀煌部十三师第一团营长魏桐乡用望远镜观察，他看到了一小股红军朝樱桃园跑去，魏桐乡得意地笑了，对傻瓜连长说。

魏桐乡　傻瓜连长，你现在明白我为什么打那几发炮弹了吧！小家子气，几发炮弹都舍不得，能引出共匪吗？你知不知道，红军最心疼老百姓，只要老百姓被炸伤，红军肯定出来抢救，这就叫智慧，这就叫侦察和反侦察，懂吗？哈哈哈哈！

傻瓜连长　营长高明，但是，红军的人不多，是不是……

魏桐乡　你不傻啊！他们是侦察兵。

傻瓜连长　营长，你看，我们人多，是不是……

魏桐乡　你聪明的嘛！傻瓜连长，带上你的兵，去把共匪的侦察兵干掉！

傻瓜连长　是！

魏桐乡　记住，你一定要留一个活口，我要知道来了多少共匪，万耀煌司令还等着我的情报。

8. 哲庄坝一带 / 樱桃园 / 日 外

乔巴带着侦察排冲进村庄时,敌人已经停止了炮击,只见燃烧的茅草房、地上哀鸣的伤民和几具尸体,杨钰晕倒在地,阿熊躲在一个断壁之下。

乔巴　卫生员,同志们,抓紧抢救受伤的老百姓。

罗大树叶发现了晕倒的杨钰。

罗大树叶　排长,这里有一个老乡,还是活的。

乔巴　那你还愣着干什么,看看有没有受伤,赶快给她包扎。

罗大树叶伸手去扶杨钰,杨钰突然出脚,把罗大树叶踢倒在地。

罗大树叶（瞪大眼睛）　你,你不是男的……

9. 山里 / 小路 / 日 外

老油鸡带着一帮弟兄急匆匆地冲下山来,女扮男装的小土匪罗布滑了一跤,定眼一看,不远处有一顶帽子,罗布很好奇,快走了几步,拾起一顶有红五星的八角帽。

老油鸡　小罗布,摔伤没有？

罗布　大东家,我捡到一顶帽子。

老油鸡接过帽子一看有红五星,心里明白了,红军来了,他听国民党说过红军,说红军见人就杀,见物就抢,红眉毛、红眼睛,共产共妻。

老油鸡把大家叫到身边。

老油鸡　红军来了,我听人说红军凶悍无比,欺男霸女,杀人如麻。对了,罗布,你嫂子就要生孩子了,你带两个人回去照顾好她,千万不能出事,其余人跟我悄悄进村,弄点猪肉就回去,我们也不能白走一趟。

罗布　是，一定保护好嫂子。

罗布带着两个土匪走了。

这时，一个土匪看见另一伙军人朝村里围去，便慌慌张张地说。

小土匪　大东家，你看，那里还有一伙当兵的。

老油鸡　樱桃园还真是有肥肉，各路人马都来了，走，去看看是哪路神仙。

10. 樱桃园 / 院坝 / 日 外

罗大树叶连接杨钰几招，被逼到墙边了，乔巴一把抓住杨钰，杨钰才停下来。

乔巴　这位老乡，论功夫你不是我们罗班长的对手，他让着你的，你不要误会，我的这位战友是来救你的，你的手臂受伤了，我们给你包扎。

杨钰　一过招，我就看出来了，你们是红军，对不起，我踢伤你没有？

杨钰这么一说，罗大树叶只好憨憨一笑。

罗大树叶　你的功夫，伤不了我。

躲在墙角的阿熊站出来了。

阿熊　杨钰，不要相信他们，谁知道他们是真红军还是假红军。

乔巴　你就是杨钰队长？我可找到你了。

乔巴下意识地挥舞了一下自己手里的短剑，机敏的杨钰看在眼里了。

罗大树叶　我们当然是真的红军，真红军帽子上有一颗红五星。哎，我的帽子呢？

阿熊　是啊，你的帽子呢？

突然，村外响起枪声，一排密集的子弹打来。

乔巴　快趴下。

乔巴把杨钰按在地上。

11. 小镇 / 国民党军指挥所 / 日 内

"滴滴答答"的电报声，进进出出的人们，个个都显得很忙碌。

国民党情报科科长急匆匆地拿着一份电文，来到国民党万耀煌部十三师第一团团长王卫璋面前。

科长 纵队万耀煌司令来电。

王卫璋 万耀煌司令是不是又要催我们去钻山沟沟？我们都走了很长一段时间，头转晕了，人走乏了，马都快累死了，红军的毛都没有看见一根。

科长 团长，红军出现了，离我们不远，在樱桃园，是魏桐乡营长发现的。

王卫璋愣了一下，这么重要的情报，魏桐乡是他的兵为什么不向他报告？不过魏桐乡的干爹是纵队万耀煌司令，所以，他首先向万耀煌司令汇报也在情理之中，王卫璋团长无奈地摇摇头。

王卫璋也有难言之隐，都说这一仗打赢后，他就要升师长了，所以，要从长计议，还不能事事计较。

王卫璋 樱桃园？看看地图。

科长 樱桃园距离我们还有25公里左右，万耀煌司令已经亲率十三师的主力朝樱桃园方向开拔了。

王卫璋 这大山里，走几里地就要半天，大部队机动速度很慢，万耀煌司令如此孤军深入，未必是好事。

12. 樱桃园 / 院坝 / 日 外

激烈的枪声响起，乔巴、杨钰等奋力还击。敌人的火力太猛，乔巴等被压得抬不起头。

阿熊多次还击都出现危险，被包谷杆看见。

13. 山道 / 路边 / 日 外

路边的老油鸡看着对阵的双方，辨不清该去帮谁。

老油鸡　你们睁大眼睛看看，哪一方是红军，红军是红匪，我们就打红军。

一个土匪眼尖，看见了杨钰队长，杨钰和乔巴在一个土沟里向国民党军射击，并肩作战。

土匪甲　大东家，我看见游击队的杨钰队长了，杨钰队长和戴红五星的人是一帮的。

杨钰是老油鸡的干妹子，老油鸡讲义气，肯定要护着妹子。

老油鸡　你说什么？杨钰和红军是一帮的？那我不能打杨钰，我得帮我妹子，我们就破例帮一次红军吧。弟兄们，给我把村外的那帮狗崽子灭了。

14. 樱桃园 / 院坝 / 日 外

战斗还在激烈地进行。阿熊看见杨钰出现危险，迈步去帮杨钰，不料一动反而把自己暴露了，敌人的一个神枪手朝阿熊开了一枪，阿熊的大腿被打伤，当敌人正要开第二枪时，包谷杆冲上去推了阿熊一把，阿熊得救了，包谷杆却中枪牺牲。

乔巴　包谷杆！为包谷杆报仇！给我狠狠地打！

战士们向敌人猛打。

这时，老油鸡的队伍从敌后攻击，敌人大乱，傻瓜连长骑着马带着队伍溃逃。

杨钰看见了冲锋在前的老油鸡。

杨钰　哥哥来了！

15. 樱桃园 / 院坝 / 日 外

包谷杆的遗体躺在门板上，杨钰把阿熊按住，让他跪在包谷杆的面前。

杨钰　阿熊，包谷杆是为了救你牺牲的，你睁开眼睛好好看看，他们是不是真正的红军，是不是老百姓的军队！

阿熊低头不作声。

老油鸡　乔巴排长，你们真的不是红眉毛、红眼睛的红匪吗？

乔巴　大东家，那是反动宣传。你好好看看，我们红军长的都是黑眼睛。

乔巴把猪头放在包谷杆头部的案板上。

乔巴　包谷杆，你不是饿了吗？好好吃一顿吧，一路走好。

老油鸡　杨钰，是这位小战士救了阿熊吗？他这么年轻就牺牲了，我去弄口好棺材，一定要厚葬。

乔巴　包谷杆不是不要命，他是为救老百姓而牺牲。

大家给包谷杆三鞠躬。

这时，乔巴看见罗大树叶押着两个俘虏走了过来。

16. 山地 / 红军指挥所 / 日 内

红二军团第四师军团特派员郝多正在焦急地等待情报，按照约定的时间，乔巴应该回来了，谁都知道，敌情不清楚仗就无法打，况且还是敌强我弱的仗。

郝多的双眼紧紧地盯着地图,他极力掩饰自己心中的不平静。军团首长也在等红四师的情报,只有准确掌握敌情,军团首长才能下最后的决心,时间紧迫啊!

就在郝多焦急等待的时候,参谋长进来了。

参谋长　报告郝副师长,红十八团侦察排侦察班班长罗大树叶回来了。

郝多　乔巴呢?

参谋长　乔巴排长没有回来。

郝多　乔巴出事了?

参谋长　不清楚,具体情况让罗班长来说。

17. 小镇／国民党军指挥所／日 内

魏桐乡和傻瓜连长骑了半天的马,才跑到十三师第一团团部。

团长王卫璋对魏桐乡不报军情心里有气,加上魏桐乡打了败仗,更是气上加气,他狠狠地扇了魏桐乡几个耳光,又狠狠地扇了傻瓜连长几个耳光。

王卫璋　魏桐乡,你以为你的干爹是万耀煌司令,你就可以打败仗吗?一个武装到牙齿的连打不过一个穷得叮当响的侦察排,你还有脸来见我吗!

站在一旁的傻瓜连长急了。

傻瓜连长　报告团长,不是一个连打一个排,红军至少有一个连的援军,有一百多人,是从土匪窝杀出来的援军。

王卫璋　土匪帮红军?属实吗?

傻瓜连长　我亲眼所见。

王卫璋　魏桐乡,去把土匪窝给我端了。

魏桐乡　执行命令,我和傻瓜连长连夜赶回去,端掉土匪窝。

王卫璋　还有，我的侄儿呢？他到哪里去了？

魏桐乡　你的侄儿张毛毛在战斗中失踪了。

傻瓜连长　好像……

傻瓜连长看了一下魏桐乡没敢说下去。

王卫璋发现问题了，突然拔出枪顶着魏桐乡的头。

王卫璋　好像被红军抓走了，是吧！魏桐乡，我的侄儿可是被你亲自弄丢的，你不把他救回来，我一枪打破你的脑袋。

魏桐乡瞪了不争气的傻瓜连长一眼。

18. 樱桃园 / 小溪 / 夜 外

杨钰陪着老油鸡在樱桃园边上的小溪边抽水烟，老油鸡没有搞明白，为什么国民党宣传的"红匪"与他看见的红军不一样呢？

杨钰知道老油鸡心中有疑问，他的习惯，思考问题就抽水烟。老油鸡问杨钰。

老油鸡　包谷杆太年轻了，太可惜了，红军为什么不要命都要救老百姓？

杨钰　红军里每个人都是老百姓，红军是老百姓的队伍，哪有老百姓不救老百姓的道理。当年，地主老财要欺负我，就是抗日救国军的席大队长救了我，现在席大队长也参加红军了，他给我讲了许多革命道理，我才参加了他的抗日救国军，现在我想加入共产党。

老油鸡　什么是共产党？杨钰，你是共产党吗？

杨钰　我现在不是，但是，我很想加入共产党，席大队长说共产党有信仰，要为老百姓打天下。

老油鸡　别个共产党为信仰打仗，你不是共产党，那你为什么打仗？你瞎起什么哄呢?

杨钰　哥哥,我加入共产党就有信仰了,就可以名正言顺地为老百姓打天下了。

老油鸡　为老百姓打天下?别天真了,共产党领导的红军要钱没有钱,要枪没有枪,要衣服没有,要酒肉没有,什么都没有,他们打得过国民党吗?跟着他们有什么盼头?

杨钰　为什么穷苦老百姓都要跟着共产党,跟着红军?因为跟着共产党,跟着红军,老百姓就有希望。

乔巴　对,跟着共产党,跟着红军,穷苦老百姓就有希望!

杨钰　哥哥,要不你也加入我们,跟着共产党干!

老油鸡还是不解地看着他俩。

天上的星星看上去眨巴眨巴地亮……

19. 哲庄坝一带 / 土匪窝 / 日 外

土匪窝,一清早,老油鸡的老婆桑缇就起床了,快生孩子了,她说要出去走走,对肚子里的孩子好。

罗布一直跟着桑缇,山上的路不平,罗布担心桑缇摔了,又去搀扶着桑缇。

罗布　大嫂,你闲不住,喜欢在山上转悠,将来生下来的一定是遍地跑的孩子。

桑缇　遍地跑也罢,只要他将来有出息就行,不要像他爹一样当了土匪。

罗布　大嫂,谁想当土匪?我都是被逼的。

桑缇　打住,不说这个话题,大家都知道你是逃婚跑出来被大东家收留的。谁都有倒不完的苦水，我也不愿在土匪窝待着，伤心的事不说，说高兴的。罗布，你说我肚子里的孩子是男是女？

这时，罗布发现不远处一会儿草在晃动，一会儿树在晃动，罗布警惕性很高，她拔出手枪，让桑缇躲进路边的小树林。

20. 山地 / 红军指挥所 / 日 内

罗大树叶一直守着俘虏张毛毛，他不能让张毛毛逃跑，也不能让他出事，他知道张毛毛对于这场战斗的重要性，张毛毛的口供也许会增强军团首长的决心。

屋里有人喊　把张毛毛带进来。

罗大树叶　是！

21. 哲庄坝一带 / 土匪窝 / 日 外

傻瓜连长带着一个连的士兵从草堆里慢慢地走了过来，他们差不多摸到了土匪窝的洞口。

桑缇和罗布紧张得大气都不敢出。

22. 山地 / 红军指挥所 / 日 内

一名红军干部在审问张毛毛。

红军干部　你们一共有多少部队，多少人？

张毛毛的眼睛眨巴眨巴。

【闪回】

傻瓜连长对站在面前的去攻打乔巴的一队士兵说话。

傻瓜连长　魏桐乡营长有令,我们这个营是来探路的,是出来为万耀煌司令找红军的,你们之中无论谁被红军抓去,都必须说我们只有一个连的兵力,说我们和大部队失去联系了,不能暴露我们营的真实情况,不准说真话。

士兵们　是!

【闪回结束】

张毛毛　我们和万耀煌司令的大部队失去联系了,我们只有一个连,我们想出来搞点野味,不巧,遇到了贵军,运气差。

红军干部　你们只有一个连?番号?

张毛毛　万耀煌纵队第十三师第一团一连。

23. 哲庄坝一带 / 土匪窝 / 日 外

趴在树林里的桑缇和罗布非常紧张,罗布看见一个土匪哨兵走来又走去,急中生智,罗布吹了一个响亮的口哨。

听到口哨,土匪哨兵先是一愣,瞬间反应过来,便急忙向罗布躲藏的小树林走去。

土匪哨兵的行为引起了傻瓜连长的注意,傻瓜连长并不傻,他一挥手,过来一个兵。

傻瓜连长　你看见那个小树林没有,里面有人,出来你就一枪干掉他。

一会儿,土匪哨兵出来,被一枪打倒,顿时枪声大作。

罗布开枪还击,引来敌人一阵射击,打得罗布和桑缇头都抬不起来,桑缇一紧张,羊水破了。

桑缇　罗布，我要生孩子了，怎么办？我好痛，好痛，妈呀，妈呀！

罗布　大嫂，你忍住，我杀出去，带人来救你……

桑缇　妹妹，快去……

罗布冒险从树林中冲了出去。

24. 樱桃园 / 茅屋 / 日 外

按约定，已经到了罗大树叶带着郝多副师长的命令回来见乔巴的时候了，但罗大树叶还没有出现，他们还约定，时间一到，不管罗大树叶回不回来，乔巴都要去找万耀煌纵队的老巢。乔巴要走了，杨钰和老油鸡来送行。

乔巴　杨钰，多做做你哥哥的工作，他本质是好的，也是穷苦人，希望他早日加入我们革命的队伍。

杨钰　我知道我哥，只要他想明白了，他会义无反顾的，给他一点时间。

老油鸡　还是我妹了解我，乔巴排长，后会有期。

乔巴带着侦察兵刚要出门，一排子弹打来，乔巴又退回去了。

25. 哲庄坝一带 / 土匪窝 / 日 外

罗布带着一帮土匪回到小树林，突然枪声停了，一片寂静，傻瓜连长就站在罗布的面前，枪口对着罗布。

傻瓜连长　把人抬出来。

几个士兵用担架把桑缇抬了出来，傻瓜连长对罗布说。

傻瓜连长　你们都不要动，担架上的女人就要生孩子了，我们有军医，会保证她们母子安全。如果不想出意外，你们就好好站着。

傻瓜连长一挥手,桑缇被抬走了。

罗布　大嫂!

桑缇疼痛难忍,无力说话,眼泪流了下来。

桑缇把一块手绢扔在地上,罗布知道,这是老油鸡送给桑缇的信物,手绢随风飘扬,罗布朝着手绢飘扬的方向跑去。

26. 樱桃园 / 茅屋 / 日 外

乔巴和杨钰等人被飞来的子弹压住,根本抬不起头。阿熊想,长久僵持打消耗战肯定是我方吃亏,阿熊手里攥着两颗手榴弹,迅速跑到墙根,然后对着杨钰用手指指着后山做了一个手势。

杨钰明白,阿熊要冒险引开敌人,让他们走后山,杨钰点点头,做了一个注意安全的手势。

老油鸡也看明白了,他想,不把敌人打退,谁也走不了,他很迅速地跑到墙根,他要和阿熊一起,杀出血路。

阿熊扔出两颗手榴弹,手榴弹爆炸,趁着硝烟未散,阿熊和老油鸡翻墙出去,两人一边跑,一边射击,把敌人朝河边引去。

27. 山间 / 国民党军指挥所 / 日 外

手持望远镜的魏桐乡目睹了这一切,他识破了阿熊的心机,魏桐乡心想,让他折腾去吧!他的注意力仍然在茅草屋。

茅草屋迟迟没有动静,人到哪里去了?这种安静让魏桐乡心里有了许多不踏实。

28. 山间 / 小路 / 日 外

国民党军的担架抬着桑缇走得很快,傻瓜连长断后,手中的一把冲锋枪始终指着追赶而来的罗布等人。

傻瓜连长 跟着我的土匪们你们听着,我们抬着的是土匪头子老油鸡的老婆,她马上就要生孩子了,我们那里有医生可以保她们母子平安,你们回去,不要乱来,否则,我们不保证土匪头子老婆的安全。

罗布见无机会救桑缇,便停止追赶,她要去找老油鸡。

一匪兵不理解傻瓜连长的做法,嘀嘀咕咕地说。

匪兵 我们自己的命都不保,还去管一个土匪头子老婆生孩子,你吃多了。

傻瓜连长耳朵尖,听见了。

傻瓜连长 我不管,就会有两个人死去。

匪兵 你不管,土匪就不管了吗?狗拿耗子多管闲事!

傻瓜连长 你是不是人?!

傻瓜连长朝匪兵头顶开了三枪,吓得匪兵嗷嗷叫。

傻瓜连长心想,你们懂个屁,老子这是抓了人质,要立大功的,都说我是傻瓜,我哪里傻?呸!

29. 樱桃园 / 茅屋 / 日 内

杨钰对乔巴说,屋内有暗道,让他们从暗道出去,杨钰做了一个包抄的动作。

乔巴点点头,意思是明白。乔巴随即带侦察排走暗道,在乔巴转身的瞬间,杨钰看见了乔巴腰间的剑柄,剑柄上有一颗红色玛瑙,闪闪发亮,杨钰的好奇心越来越强。

见侦察排都进了暗道,杨钰和游击队员突然向敌人开枪,打破了寂静。

瞬间,敌人的炮弹向茅屋倾泻而来。

30. 山地 / 红军指挥所 / 日 内

军团特派员郝多盯着地图看,张毛毛交代,敌一团的位置正好在红二军团的路口上,如果干掉这个团,红军就有生路了,可以绝处逢生,因为敌人的包围圈至少还需要五天才能形成,多么难得的五天,机不可失,失不再来啊!

郝多　参谋长,马上向师长请示,就说我师将趁敌人包围圈还没有形成,集中兵力吃掉敌一团,打开南下通道。

参谋长　是!

郝多　慢,敌俘虏的口供是否可靠?乔巴在哪里?不见到乔巴我心里不踏实。

参谋长　乔巴还在樱桃园,被魏桐乡围住了,我已经派人去樱桃园支援乔巴了。

31. 山间 / 国民党军指挥所 / 日 外

神兵天降,乔巴的侦察排突然出现在魏桐乡的指挥所旁,乔巴一声令下,十几颗手榴弹砸向敌人。

爆炸声中,魏桐乡骑上一匹快马,冲出硝烟,魏桐乡仓皇逃跑,躲过一劫。

师部支援乔巴的红军也到了，红军战士们冲进了敌军指挥所，敌人溃不成军。

茅草屋下，杨钰从废墟中站了起来，死里逃生。

32. 山间 / 国民党军师部医院 / 日 内

桑缇躺在病床上，经过各方努力，桑缇生下了一个男孩，母子平安。病房外的傻瓜连长听着孩子"哇哇"的哭叫声，终于长长地舒了一口气。

桑缇叫他"小萝卜"。

魏桐乡跌跌撞撞地来到病房，声嘶力竭地喊。

魏桐乡　傻瓜，你在哪里？

傻瓜连长　营长，平时你都是聪明的形象，今天怎么傻了？怎么成了这个熊样子？看来，你比我这个傻瓜也聪明不了多少。

魏桐乡　傻瓜，这一次我可能过不了团长的关了。

傻瓜连长　不可能，你是胜利者，团长怎么会为难你，是营长你英明，指挥有方，我们营与红军过招，一胜一负，打了平手。

魏桐乡心想，傻瓜，难道是胜是负都不知道吗？你认为你打胜了就挖苦我？别高兴得太早，人狂必有祸。

33. 山间 / 山岗 / 日 外

黄昏，乔巴、杨钰、老油鸡、阿熊、罗布等人，都会在这小小的山岗上了，战火平息下来，大家都担心着桑缇，桑缇牵挂着这里所有人的心。

罗布"扑通"一下跪在老油鸡面前，把桑缇的手绢捧给老油鸡，老油鸡接过手绢，心情难以平静。

这手绢是老油鸡和桑缇爱情的象征，桑缇把手绢留给老油鸡，是希望老油鸡救她。

罗布　大东家，嫂子被傻瓜连长抢走了，我失职，我有责任，你处罚我吧。

老油鸡缓缓走到罗布面前，把罗布扶了起来，拉着罗布走到乔巴面前。

罗布　乔巴，你下命令吧，我带着弟兄们杀进敌营，一定救出我大嫂。

杨钰　罗布，别冲动，桑缇嫂子估计已经生孩子了，刚出生的孩子你怎么救？救出来安全怎么保障？

老油鸡　乔巴，如果我不出手救你们红军，白匪就不会恨我，我的土匪窝会遭此劫难吗？我的老婆会被劫走吗？

乔巴　不会！

老油鸡　那你帮我把桑缇救回来。

老油鸡扑倒乔巴，两人滚在地上，杨钰和阿熊把两人拉起来。这时，副师长郝多出现了。

郝多　血债血偿，我们一定要讨还血债，桑缇母子一定要救，不过怎么救，得动动脑子。

郝多看着乔巴和杨钰。

乔巴和杨钰对视一下，乔巴想，副师长，你在暗示我？

乔巴　副师长，让我动动脑子。

34. 山间 / 红军指挥部 / 夜 内

一个人影溜进关押张毛毛的茅屋，手里拿着一把刀，割断了捆绑张毛毛的绳索，拉着张毛毛就往外走。

老油鸡　张毛毛，我来救你了。

张毛毛　你是谁？

老油鸡 大男子汉别婆婆妈妈的，想活命，就抓紧跟我走，再啰唆，我们都走不了了。

张毛毛一听这话有理，站起来跟着老油鸡就走，一脚踩在一个躺着的红军身上，差一点摔倒，张毛毛心想，你还杀了一个红军，断后路啊！赶紧跟着老油鸡走出红军营地。

这时，装死的红军战士站起来，他们听见有人喊。

红军战士 俘虏跑了，张毛毛跑了。

罗大树叶带着一个班的红军战士追了出去。山野里，稀稀落落的枪声响起。

35. 国民党军营部 / 作战室 / 夜 内

魏桐乡回到营部。

魏桐乡站在地图前，他没有想到自己会被红军打败，他在仔细地回忆每一个细节，这时，他听到团长侄儿的声音。

张毛毛 营长，我回来了。

魏桐乡想，张毛毛回来了？他怎么回来的？他怎么也不相信张毛毛会逃得出来，这一天发生的奇怪的事实在费解。

魏桐乡 你逃出来的？

张毛毛 有人帮我。

魏桐乡 谁？

张毛毛 老油鸡。

魏桐乡 老油鸡？土匪窝的大东家？桑缇的老公？他为什么救你？

张毛毛 他说他要用我换他的老婆。

魏桐乡 异想天开！他不怕我把他给杀了。

36. 国民党军营部 / 平地 / 夜 外

魏桐乡的作战室外是一块平地，这时，魏桐乡听见屋外有熙熙攘攘的声音。窗外，他看见一个身材魁梧的男子在大喊大叫，他猜想这就是赫赫有名的老油鸡了。

老油鸡 魏营长，让我去见我的老婆，我来带她回山寨，我冒死救了王卫璋团长的侄儿张毛毛，我们平等交换。

傻瓜连长 老油鸡，我看你才是傻瓜，你落到我们手里，还有什么资格说平等交换？

老油鸡 哈哈，什么？资格？你看看你们营地四周，你们已经被我的弟兄们包围了。

听了这话，魏桐乡推开窗户，往营地四周一看，到处都是熊熊燃烧的火把，慢慢地，慢慢地，把夜空照亮。

魏桐乡想，一定是张毛毛"引狼入室"了。

傻瓜连长看见了战马上高擎火把的杨钰和罗布，她俩英姿飒爽的形象把傻瓜连长镇住了，他冲进魏桐乡的作战室，结结巴巴地说。

傻瓜连长 营，营长，我，我们被包围了。

37. 山间 / 国民党军营地附近 / 夜 外

乔巴带着侦察排已经接近了魏桐乡的营部，乔巴一招手，罗大树叶来到乔巴身边。

乔巴指着傻瓜连长进出的房屋对罗大树叶说。

乔巴 看见那个房子没有？

罗大树叶　看见了，目标就在里面。

乔巴点点头。

乔巴　一会儿杨钰和罗布一行动，敌人注意力一分散，你们就去把目标抓来。

38. 国民党军营部 / 平地 / 夜 外

夜空里传来老油鸡的声音。

老油鸡　魏桐乡，你放不放我们一家人？如果你不放，我的人就动手了。

魏桐乡抱着双手，跷着二郎腿没说话，意思是，老油鸡，你有什么本事施展出来。

老油鸡打了一个口哨，突然从山野飞奔而来两匹马，马上是杨钰和罗布。两匹马冲到敌军营地的中央，从马上扔下两具敌人的尸体，扬长而去。

傻瓜连长吓呆了。

39. 山间 / 国民党军指挥所 / 夜 外

魏桐乡想，这也太猖狂了吧！如入无人之境？

魏桐乡　你们愣着干什么？快给我打！

敌人这才如梦初醒，疯狂地朝着杨钰和罗布射击，一瞬间，枪声大作，杨钰的手臂中弹。

四周火把都灭了，看不见了，敌人还在毫无目标地乱开枪。

趁乱，乔巴、罗大树叶等人溜进作战室，乔巴的一把短剑架在魏桐乡的脖子上，罗大树叶的驳壳枪顶住魏桐乡的胸膛。

乔巴 魏桐乡，你束手就擒吧！

老油鸡见势不妙，拉着发愣的傻瓜连长冲出指挥所，子弹在他们俩的身边飞。

张毛毛跟着傻瓜连长跑了。

一幅大难临头各自飞的情景。

40. 山间 / 道路 / 日 外

太阳升起来了，乔巴和杨钰骑着马去给郝多汇报军情，杨钰的手臂绑着绷带，乔巴不时关切地看看杨钰。

乔巴 伤口没事吧？

杨钰 这伤算不了什么！就算被野狼咬了一口吧，我们这一带野狼很多，你可要小心哦。驾！

杨钰策马奔驰而去，乔巴紧紧跟上。

41. 山间 / 道路 / 日 外

罗大树叶押着魏桐乡，战士们抬着桑缇，罗布抱着小宝宝，迅速向红军营地转移。

42. 山间 / 红军作战室 / 日 内

师部正在召开作战会议，军团特派员郝多正在分析敌情，师长、政委认真听着。

郝多 师长、政委，各位同志，根据侦察的情况和敌营长魏桐乡的交代,敌万耀煌纵队的第十三师共三个团很快就要孤军深入到哲庄坝的樱桃园一带,然后通过哲庄坝去镇雄,企图阻拦我军南下。俘虏张毛毛交代,敌十三师已经有一个团到了距樱桃园 20 公里的地方,但这个团的任务不明确,想找我军主力作战但暂时还没有攻击目标。有利的情况是,大约 80 个团的敌人还在山里跟着我们打转转,行动异常迟缓,我们要趁敌人还没有找到我们,还没有形成合围,吃掉万耀煌的十三师,打开南下通道。

师长、政委点点头。

郝多 在哲庄坝樱桃园一带打一场伏击战的战机来了,这个作战计划如果师长、政委同意,我们就报军团首长了。

43. 山间 / 红军营地 / 日 外

乔巴到师部临时病房看杨钰,杨钰见到乔巴很高兴,因为杨钰也有许多话要对乔巴说。

杨钰 乔排长,昨晚我做了一夜噩梦,被吓坏了,我梦见老油鸡叛变了,他还拿枪指着我,我以为我被他打死了,出了一身冷汗。你陪我出去走走,散散心。

三月里,虽然是天寒地冻,但万物已经复苏了,大自然的美景已经呈现出来了。

谈笑中,杨钰突然出手,从乔巴的腰间抽出了乔巴的短剑。

乔巴哈哈一笑。

乔巴 杨钰,你怎么对我这把短剑这么感兴趣?我发现你已经盯了很久了。

乔巴趁杨钰不备突然出手,夺回了短剑。

乔巴 说说理由,我很好奇。

杨钰一个扫堂腿，乔巴差一点摔倒，杨钰又夺回了短剑。

杨钰　没有理由，我也是好奇。

乔巴　把剑还给我，我给你讲讲这把剑的故事。

杨钰　不，你先讲，故事好听我就把剑还给你。

乔巴　你还不还？不要逼我动手。

杨钰　你一个男子，欺负一个女孩，逞什么能？我就是不还，你能怎么样！

这时师部参谋来了，给乔巴敬礼。

参谋　乔排长，郝多副师长请你过去，有紧急任务。

乔巴一听，"游戏"玩不下去了，只好深情地望着杨钰，看得杨钰都不好意思了。乔巴必须走了，他伸出手，向杨钰要剑。

杨钰不舍地把剑还给乔巴，心里增加了眷恋。

乔巴这一伸手，女孩的心动了。

44. 山间 / 国民党军团部 / 日 内

傻瓜连长和老油鸡被带到国民党军团部，王卫璋一看他俩就来气，一挥手，他俩被绑了。

王卫璋　傻瓜，说说是怎么回事。

傻瓜连长　我们营部被红军"包饺子"了，魏营长被红军抓走了，我们俩死里逃生，要是晚跑一步，可能就被红军干掉了。

王卫璋觉得很蹊跷。

王卫璋　你们会不会把红军引到这里来？

王卫璋这么一说，傻瓜连长觉得有这种可能，他下意识地盯了老油鸡一眼。

王卫璋也紧紧盯住老油鸡，心想，老油鸡来干什么？一个土匪怎么和红军掺和在一起？这个人太可疑。

45. 野狼峰一带 / 道路 / 日 外

红军要打败万耀煌纵队的追击，有一个关键环节就是红十八团三连必须翻越没有人烟的野狼峰，出其不意，剑走偏锋，卡住敌人进退的咽喉，才能把敌十三师分割消灭。

野狼峰有"三高一少一大"，海拔高，森林覆盖率高，野兽出现的频率高，人少，雾大，谁也不会想到有人走野狼峰。

红军不同，红军都是钢铁汉，什么样的艰难困苦能难住他们？什么峰能挡住红军前进的步伐？

郝多命令乔巴的侦察排打前站，为红十八团三连先期寻路，乔巴一声令下，侦察排出发了。

乔巴刚走出不到五里地，就看见远处的杨钰和阿熊，乔巴想，杨钰来送他？他有一些感动，但又不能表露出来。

乔巴　杨队长，你的伤还没有好，怎么不好好休息？

杨钰　乔巴，你们翻过野狼峰吗？

乔巴　没有。

杨钰　我爷爷翻过野狼峰，他给我说过有一条小路可以到山顶，我来给你们带路。

乔巴　你爷爷不是你，你不行，回去！我们有向导，不要来给我们添麻烦。

杨钰　我可是奉席大明大队长之命来的，我还带来许多帮手，他们翻山越岭在行。

杨钰一个口哨，游击队员们出来了。

46. 国民党军营地 / 审讯室 / 夜 内

傻瓜连长和老油鸡被绑在审讯室里。

傻瓜连长 老油鸡,你到底是不是共军的探子?如果是,你就去交代了,免得我受牵连。

老油鸡 连长大人,你不要冤枉我,你抓了我老婆,我不救她行不行?我就是想拿张毛毛去换我老婆,怎么变成奸细了?红军还说我是叛徒呢,我是耗子钻烟筒——两头不得好。

这时,老油鸡听到"咕咕咕咕"青蛙的叫声,老油鸡心里明白,罗布来了,罗布一定带来了新任务。

老油鸡 快来人,我要大便了,憋不住了。

47. 山间 / 道路 / 夜 外

红四师、红六师主力开始向樱桃园方向运动。

夜幕下,一队一队的红军向前行进。

郝多带着一个团快速行军,他们和十八团一连共同的任务是把敌人引进樱桃园一带的伏击圈。郝多信心十足,这是一次生死之战,红军的胜败在此一搏。

夜幕里,郝多看见军团首长在为他挥手送行,他受到极大的鼓舞。

48. 国民党军团部 / 审讯室 / 夜 内

皮鞭抽在老油鸡身上,老油鸡发出"嗷嗷"的叫声。

国民党情报科科长 说不说，你是不是红军奸细？你的任务是什么？不说，我打死你。

老油鸡 我不是奸细，但我知道谁是奸细。

国民党情报科科长 谁是奸细？

老油鸡 奸细是傻瓜连长。

傻瓜连长一听，急了。

傻瓜连长 老油鸡，你变成疯狗了？随便咬人！我为党国兢兢业业十几年，我怎么会是奸细，倒是你，把你的问题交代清楚。

老油鸡 傻瓜连长，如果你能救我老婆，我就说真话。

国民党情报科科长 真是个老油鸡。

国民党情报科科长叫人狠狠地打。

49. 大山 / 险路 / 日 外

侦察排的行军速度很快，几个小山坡一会儿就串上去了，只是杨钰有点跟不上，乔巴不得不分身照顾她。乔巴令原地休息十分钟，让阿熊看看周边情况。不一会儿，阿熊回来了，阿熊向乔巴汇报。

阿熊 乔排长，前面300米左右，有一个隘口，好像已经有人把守了。

乔巴 是什么人？

阿熊 我仔细看了看，好像是民团，不过其中有一个人，是我小时候的一个朋友。

杨钰 是不是阿猫？小时候和阿熊一起长大的。

阿熊点点头。

乔巴 我们不能硬闯，否则，就会暴露红军的战略意图。你有什么办法让我们快速通过隘口？我们的大部队马上就要来了，时间耽误不起。

阿熊看了一眼杨钰。

阿熊　我有一个办法，但是，要我们杨钰队长配合。

50. 国民党军团部 / 审讯室 / 日 内

国民党情报科科长见皮鞭不奏效，便让手下拿来烧得通红的烙铁，老油鸡顿时吓出了尿。

老油鸡　别别别，我说，我说。

51. 野狼峰一带 / 隘口 / 日 外

阿熊背着杨钰，乔巴背着一个背篓，向隘口走去，守在隘口的民团队员阿猫看见了他们。

阿猫　什么人？站住！

阿熊　我们是当地的村民，上山采草药，不料我老婆突然病了，要到半山上的庙里去求医，耽误不起啊，去晚了，就没命了。

阿猫　什么庙？我在这里二十多年了，怎么没有听说有一个庙？你们到底是什么人？来野狼峰干什么？不说实话，我就开枪了。

阿熊　听声音，好像是阿猫兄弟吧！我是阿熊，是你大嫂病了，你行行好让我们过去。

阿猫　是阿熊啊。听说你参加共产党的游击队了，我更不能放你过去。

阿熊　阿猫，昨天你爹还去了我家，说让我老婆给你找一个漂亮的媳妇，这不，我老婆如果有个三长两短，谁给你张罗这事。

阿猫知道，他爹的确是在四处给他找媳妇，阿熊拿他爹说事是有用意的，他担心游击队为难他爹，也就软下来。

阿猫 听说最近红军来了，我们民团奉命检查，你们也不要为难我，你们有几个人都过来，如果说的是本地话，我就放你们过去。

52. 国民党军团部 / 审讯室 / 日 内

"屈打成招"的老油鸡告诉国民党情报科科长。

老油鸡 我交代。有一天，我偷听到，红军侦察班班长罗大树叶说，明天晚上郝多就要来端掉你们十三师一团的团部，他们四面都是人，把你们包围了。

【闪回】

老油鸡被一个士兵押到屋外的墙角边上去大便，押送的士兵见老油鸡蹲下来大便，臭气熏天，把头扭到一边，躲在附近的罗布趁机走到老油鸡身边。

罗布压低嗓门说 你设法告诉敌人，就说他们十三师一团被红军包围了，把敌人引到野狼峰。

老油鸡 我知道了。

罗布用手扇扇鼻子。

罗布 你拉的屎真臭。

【闪回结束】

情报科科长 端掉我们？好大的口气！他们有多少人？

老油鸡 这个我哪里知道。我只知道他们一会儿说红四师，一会儿说红六师，不知道他们有多少师。

老油鸡的话没有漏洞，情报科科长深思。不一会儿，情报科科长走出审讯室，他去给王卫璋汇报。

53. 野狼峰一带 / 隘口 / 日 外

　　阿熊、杨钰、乔巴走到阿猫面前，杨钰一个劲喊痛，乔巴注意到，隘口上有五六个人。

　　阿猫用枪指着乔巴。

　　阿猫　这位兄弟，你开口说话。

　　阿熊　这是我雇的帮工，他是一个哑巴。

　　阿猫　巧了，装的吧！

　　阿猫正要发作。

　　乔巴用纯正的毕节话说。

　　乔巴　我不是哑巴，我骗他们的。

　　说完乔巴的剑抵住阿猫的腰杆子，阿熊捧着几个铜板，送到了阿猫面前。

　　阿熊　弟兄们辛苦了，拿去买点叶子烟抽。你爹的病不要紧，我们会照顾他的。

　　阿猫明知有诈，但不好说什么了。

　　阿猫　都是我们贵州人啊！快走，快走！

　　突然有几个人上来，把阿猫等人绑了。

　　红十八团三连跟随而去。

　　杨钰想，乔巴怎么会说毕节话呢？

54. 国民党军团部 / 作战室 / 日 内

　　王卫璋问情报科科长。

王卫璋　老油鸡交代的情况有没有诈？

情报科科长　很难说，现在很难判断他说的话是否真实。

这时，附近的罗布等人发起了"进攻"，多处有手榴弹的爆炸声，王卫璋的团部紧张起来。

55. 野狼峰一带 / 大草坪 / 日 外

乔巴走进山上的大草坪，发现狼迹，便警惕起来。

乔巴心想，如果遇到狼，纠缠起来就麻烦了，他们的时间有限，耽误不起。

这时，不远处传来狼叫的声音。

乔巴　准备刀剑，不许开枪。

56. 国民党军团部 / 作战室 / 日 内

这时，郝多带着一个团来了，这下不是土匪骚扰，而是真打。王卫璋的团部受到猛烈攻击，王卫璋开始相信老油鸡了，他对情报科科长说。

王卫璋　去把老油鸡带来。

老油鸡来了。

王卫璋对老油鸡说。

王卫璋　如果我们被红军包围了，哪里可以突围？

老油鸡　被包围就出不去了。

情报科科长　现在还没有被包围，快说，你有什么办法？

老油鸡　那就只有去野狼峰躲一躲，野狼峰没有人上去过，谁也想不到我们会去野狼峰，野狼峰我走过，我可以带路。

这话王卫璋相信，土匪嘛，不就是往山里钻吗！

情报科科长 团长，不行，不能去野狼峰，上去就没有退路了，去野狼峰死路一条。

王卫璋 未必，去野狼峰说不定是最安全的，当所有人都认为野狼峰不可翻越的时候，就不可能设防，天然屏障嘛！红军不可能翻越野狼峰来等我们的，哈哈，我偏要走野狼峰，这叫剑走偏锋。

王卫璋对老油鸡说。

王卫璋 老油鸡，只要你立功了，我就去红军的"肚子里"把你老婆掏出来。

王卫璋对情报科科长眨眨眼。

王卫璋 李科长，你去红四师师部把老油鸡的妻儿"救"出来，让老油鸡放心地为国军效力。

情报科科长 是。

57. 山地 / 红四师临时营地 / 夜 内

红四师临时营地。

桑缇爱怜地看着身边的婴儿"小萝卜"，思绪万千，她牵挂着老油鸡，她希望他完成任务平安归来，一家人团聚。

这时，桑缇发现窗外有人影晃动，桑缇从枕头下摸出一把手枪，子弹上膛。

哨兵 口令！

没有回应，一片寂静。

58. 野狼峰一带 / 大草坪 / 日 外

人狼大战不可避免，乔巴、杨钰、阿熊等和野狼展开了惊心动魄的殊死搏斗，四五条狼倒地。

红十八团三连冲上来，狼逃之夭夭。

血流遍野。

59. 山地 / 道路 / 日 外

王卫璋带着十三师一团边战边退，战至野狼峰山脚下，王卫璋命令构筑工事，准备抵抗。

电报"滴滴答答"地响，有人呼叫。

报务员　万司令，万司令，我部遭遇共匪袭击，已退至野狼峰下，请求支援，请求支援。

突然，一颗手榴弹被扔进报务室，爆炸，电台被炸坏。

60. 野狼峰一带 / 大草坪 / 日 外

在一只死狼边躺着乔巴的短剑，一只手把短剑拾走了。

61. 国民党军团部 / 阵地 / 日 外

王卫璋提着卡宾枪走进战壕，一副决一死战的样子。

参谋　报告团长，电台被手榴弹炸坏了。

王卫璋　手榴弹？谁炸的？查清楚了吗？

参谋　正在查。

王卫璋对这种回答很失望，他有种不祥预感。

王卫璋　把老油鸡给我押到阵地上。

62. 野狼峰 / 阵地 / 晨 外

红十八团三连翻过野狼峰。

红十八团三连进入野狼峰阵地，战士们巩固阵地，严阵以待。

稍事休整，乔巴就要带着侦察排继续探路。

乔巴的心情放松了一下，他坐下来检查装备，发现自己的短剑不在了，一下紧张起来，他努力回忆，短剑掉在哪里了？他看见不远处的杨钰，会不会是杨钰拿走了？

乔巴向杨钰走去。

63. 红四师营地 / 病房 / 日 外

红军卫生员推开门，桑缇和小宝宝"小萝卜"不见了，卫生员急了，大声喊叫。

卫生员　桑缇不见了！

战士们紧张地向病房跑来。

桑缇　我在这里。

桑缇抱着孩子躲在屋角，握着枪的手还在发抖。

虚惊一场。

64. 野狼峰 / 阵地 / 日 外

乔巴走到杨钰面前，把手一伸。

乔巴　拿来！

杨钰　拿什么？

乔巴　不要装了，你不是一直惦记我的短剑吗，想要，明说，用不着偷啊！

杨钰　谁惦记你的短剑了！偷？我还不会，不要冤枉我。

阿熊走了过来。

阿熊　乔排长，这把短剑是不是你的？过隘口时，我捡到了，还给你。

阿熊手里拿着一把短剑，递给乔巴。

乔巴一看，这把剑不是自己的，自己的剑到哪里去了？乔巴满脸疑惑。

65. 乌蒙山 / 大路 / 日 外

万耀煌率领第十三师朝樱桃园方向运动，山高坡陡，道路狭窄，推推攘攘，速度很慢。

参谋长来报告。

参谋长　司令，照这个速度，再走三天，我们才能到达樱桃园。

万耀煌对行军速度很不满意。

万耀煌　太慢，两天内必须到达目的地。

参谋长　这……

万耀煌　第一团联系上了吗？让他们接应一下。

参谋长　没有，昨天下午失联的。

66. 红四师营地 / 病房 / 夜 内

桑缇不敢睡觉，她有不安全感，这时一个"女战士"走了进来，给桑缇端来一碗稀饭。

女战士 桑姐，这是郝多副师长安排给你熬的稀饭，你吃一点，你要多吃一点东西，孩子需要吃奶。

桑缇看了一眼孩子，接过稀饭，吃了起来。

67. 国民党军团部 / 作战室 / 夜 内

老油鸡刚到阵地上，王卫璋就下令把老油鸡绑了。敌兵把老油鸡推到王卫璋的面前。

王卫璋 老油鸡，你真能干，把我的电台炸了，一会儿，我把你给炸了，把手榴弹给他绑上。

敌兵把手榴弹绑在老油鸡身上。

这时，傻瓜连长跑来。

傻瓜连长 团长，好消息，老油鸡的老婆和孩子被我们抓住了，正在来团部的路上，马上他们一家就要团聚了。

老油鸡吃了一惊。

老油鸡 卑鄙！

王卫璋想，桑缇和孩子，这才是他真正的救命稻草。

68. 红四师营地 / 病房 / 夜 内

罗布打开门，这一次，桑缇是真正的不见了，急得罗布出了一身汗。罗布走到另一个房间，看见被杀死的医生和桌上的一碗稀饭，罗布一切都明白了。

紧急集合的哨声响起。

罗布 快来人啊，桑缇被绑架了，赶紧去寻找桑缇，把桑缇和孩子救回来。

寻找桑缇的脚步声越来越大。

69. 山里 / 国民党军阵地 / 夜 外

战斗从白天打到晚上。

郝多带领的部队愈战愈勇，王卫璋已经被逼到了野狼峰的山腰，王卫璋只有一条路可走了，那就是翻越野狼峰。

天色已晚，双方休战。王卫璋对参谋长说。

王卫璋 命令部队原地待命，加强警戒，明天清晨一定要翻越野狼峰，否则我们就没有活命了。另外，派出人马继续寻找，务必找到万耀煌司令，请万耀煌司令来支援我们。

王卫璋又对老油鸡说。

王卫璋 明天一早，我先拿你们一家开刀，祭祭我的这把刀。

老油鸡心想，只要万耀煌来到这野狼峰下，红军的战略意图就实现了，他的任务就完成了，死不足惜。

老油鸡 我死不足惜，但是，没有人带路，野狼峰你们是过不去的。

王卫璋嘿嘿一笑，下令取下老油鸡身上的手榴弹。

王卫璋　我和你开玩笑的，我们需要你。

翻越野狼峰是王卫璋"剑走偏锋"的一招，但他万万没想到，这也是红军"剑走偏锋"的一招，事实上，红军占先了，如果红军在野狼峰上设下埋伏，他就真正无路可走了。王卫璋天真地想，高高的野狼峰不会有红军，也许野狼峰会救他一命，救万耀煌的十三师一命。

王卫璋抬头看着耸立的野狼峰，长叹一口气。

70. 野狼峰 / 红军阵地 / 夜 外

红十八团三连严阵以待。

杨钰躲在一块岩石背后，把乔巴的短剑拿出来，仔细琢磨，剑柄的红玛瑙是她的，她永远不会看错这颗红玛瑙。

【闪回】

地主汪老财欺负杨钰，衣衫褴褛的杨钰跑在大街上，席大明路过一脚把汪老财踢翻，汪老财拔剑威逼席大明，席大明抓住汪老财的手一扭，剑刺进汪老财的胸膛。

杨钰跪下，拜谢席大明。

席大明扶起杨钰。

席大明从汪老财身上拔出短剑，杨钰一把抢过短剑。

杨钰　这是我祖上的短剑，这颗红玛瑙还是我让爹爹镶上去的。汪老财杀死我爹爹，抢走了短剑，还想霸占我……

杨钰泣不成声。

席大明　姑娘不要难过，汪老财已经死了，他罪有应得。你家在哪里？我送你回家。

杨钰　我没有家了。

席大明　我们有一个大家,你愿意参加吗?

杨钰　什么大家?

席大明　贵州抗日救国军!

杨钰(点点头)　只要有饭吃,不被人欺负,我就去,等我把这颗红玛瑙镶在剑柄上,我就把剑送给你了,就算我报答你。

【闪回结束】

杨钰想,席大明和乔巴是什么关系?

远处传来乔巴的声音。

乔巴　杨钰,你在哪里?

71. 野狼峰 / 阵地 / 晨 外

敌人开始向野狼峰开拔了,王卫璋骑着马,马蹄子都在打滑,军官们骂骂咧咧,部队杂乱无章地向山头爬去。

老油鸡被捆着,傻瓜连长押着老油鸡。

傻瓜连长　老油鸡,你说,如果野狼峰上有共军会发生什么情况?

老油鸡　红军会把你们全部杀死。

傻瓜连长　如果没有呢?

老油鸡　你以为,只有你聪明?

傻瓜连长　我不聪明,我是傻瓜。

傻瓜连长仔细一想,老油鸡这话什么意思?难道……太可怕了,傻瓜连长顿觉毛骨悚然。

傻瓜连长　团长,我们上当了!

72. 野狼峰 / 红军阵地 / 日 外

红军十八团三连连长下令。

三连连长　给我狠狠地打！

居高临下的红军扔出了一串串手榴弹，敌军阵地一片火海，敌人鬼哭狼嚎。

王卫璋从战马上摔下来，十分狼狈。

73. 山间 / 坡路 / 日 外

乔巴、杨钰带着侦察排和游击队沿着山腰的小路向敌一团阵地靠近，他们要去解救老油鸡、桑缇和孩子。

杨钰把剑还给乔巴。

杨钰　乔巴，你和席大明大队长是什么关系？

乔巴（毕节话）　我们是兄弟，一个寨子里出来玩命的兄弟！剑是席大哥给我的，他让我拿着剑去找你，他说，你一定会帮我。

乔巴说完，已经走进战壕。

杨钰擦干感动的泪，跟着乔巴走进战壕。

74. 山间 / 道路 / 日 外

罗布和二十几个土匪骑马奔驰，泥土飞扬。

罗布逐渐接近敌一团阵地。

罗布　弟兄们，冲啊！活捉王卫璋！

75. 山坡 / 国民党军阵地 / 日 外

红军就像从天而降，向敌军阵地发起猛烈进攻，战斗非常激烈。这时，王卫璋才真正明白，红军也会剑走偏锋。

王卫璋要孤注一掷了，他想到了老油鸡和桑缇。

王卫璋 傻瓜连长，把老油鸡和桑缇给我押到阵地上来。

傻瓜连长押着老油鸡和桑缇来到阵地前，桑缇还抱着一个不满十天的孩子，枪声突然停了，阵地上一片寂静。

老油鸡激动万分，朝着王卫璋大喊。

老油鸡 让我去看看孩子，让我去看看孩子。

桑缇 王卫璋，你把我们年幼的孩子带到战场上来，你要干什么？他可是一个幼小的生命啊！

老油鸡 让我看看孩子，畜生，让开！

老油鸡一鼓劲，挣断了绳索，冲到了桑缇面前，抱起了孩子，一家人紧紧相拥。

王卫璋 老油鸡，你叫红军让开一条道，只要我们安全过去，你们一家人就团聚了。

罗布的声音传来。

罗布 大东家，答应王卫璋，你们朝我们这里走。

76. 山间 / 国民党军阵地附近 / 日 外

杨钰、罗布骑在马上，严阵以待。

乔巴带着侦察排接近了敌军阵地。

77. 山坡 / 国民党军阵地 / 日 外

王卫璋认为罗布在使诈，不让老油鸡过去。老油鸡认为王卫璋不守信用，被激怒了，他突然拔出傻瓜连长的手枪，用傻瓜连长做掩护，向王卫璋射击。

子弹从王卫璋肩部擦过。

敌人开枪，老油鸡中弹倒地。

罗布骑着马冲进敌人阵地，马跑到桑缇面前，桑缇把孩子递给罗布，罗布双手接过孩子冲出阵地。

杨钰骑马冲进敌军阵地，杨钰把手伸给桑缇，但桑缇太虚弱了，她没有抓住杨钰的手，杨钰冲出阵地，桑缇的机会失去了。

桑缇在倒地的瞬间，从老油鸡手里抓过手枪，对罗布说。

桑缇　罗布，好妹妹，孩子就交给你了，报仇！

桑缇朝敌人开枪，敌人朝桑缇开枪，桑缇倒在老油鸡身边，两人把手紧紧抓住，两人闭上了眼睛。

罗布怀里幼小的孩子，哇哇大哭。

乔巴等向敌军阵地发起猛烈进攻，王卫璋落荒而逃。

78. 山间 / 道路 / 日 外

一匹快马在山间道路上奔驰，国民党十三师第一团通信兵在四处寻找万耀煌的部队。当通信兵被万耀煌的前哨拿下时，他才知道迎面遇上的是万耀煌的部队。

通信兵　我是通信兵，有重要军情向万司令汇报。

万耀煌紧急召见通信兵。

万耀煌 王卫璋现在在哪里？

通信兵 王卫璋团长被困在野狼峰了。

万耀煌 什么？王卫璋去了野狼峰？

参谋长接话。

参谋长 王卫璋说自己是剑走偏锋。

万耀煌 走屁的偏锋，红军才是剑走偏锋，他是聪明反被聪明误。命令部队，全速进军野狼峰。

参谋长 司令，野狼峰不能去，那是一个陷阱。

万耀煌 刀山火海我也去。

79. 野狼峰 / 国民党军阵地 / 日 外

王卫璋的第一团已经抵挡不住红军的进攻，正所谓兵败如山倒，虽然傻瓜连长还在抵抗，但是已经无济于事。

傻瓜连长望天感叹。

傻瓜连长 王卫璋认为别人想不到！王卫璋认为别人是傻子！王卫璋认为自己是剑走偏锋！其实呢，红军才是剑走偏锋，红军才是技高一筹。只有我傻，因为我的名字叫傻瓜！

80. 哲庄坝一带 / 樱桃园 / 日 外

万耀煌的十三师另外两个团立足未稳就遭到红四师、红六师的猛烈攻击，敌人首尾不能相顾，被红军切为两段，被动挨打。

万耀煌通过步话机喊话。

万耀煌 王卫璋,你在哪里?王卫璋,你在哪里!

步话机中传来冲锋号的声音,传来红军的喊杀声。

81. 野狼峰 / 田野 / 日 外

王卫璋负隅顽抗,被红军逼到一个山崖上,乔巴、杨钰、罗布同时开枪击毙了王卫璋,王卫璋从崖顶坠落到崖底。

82. 野狼峰 / 阵地 / 日 外

负隅顽抗的傻瓜连长被罗大树叶追杀,两人扭打在一起,罗大树叶拉响了傻瓜连长身边的手榴弹,两人同归于尽。

乔巴、杨钰、罗布等脱帽、敬礼、鸣枪,向英雄致敬!

83. 樱桃园 / 战场 / 日 外

失去还手能力的万耀煌命令部队撤退,自己扮成一个马夫,混在人群里逃跑了。

英勇的红二军团、红六军团打破了国民党万耀煌纵队的追击,撕开了敌人企图用80个团包围红军的口子,红二、红六军团跳出了敌人的包围圈,向新的征程进军。

84. 乌蒙山 / 山路 / 日 外

乔巴继续穿梭在崇山峻岭之间,为红军大部队探路。

杨钰穿上了红军军服,成为红军营长,带着队伍向前进。

罗布成为樱桃园红军游击小分队的队长,背上背着桑缇的孩子"小萝卜",与国民党地方残余势力作斗争。

"小萝卜"头上戴着罗布在大山里捡到的罗大树叶的红军帽,帽子大了一点,但是,"小萝卜"很神气!

铁流滚滚,红旗飘飘!

全剧终
2023 年 8 月 4 日

裂　变

编剧：曾　羽

故事梗概

　　1942年抗日战争进入最严酷、最重要的战略相持阶段，日本军队在世界各个战场上四处碰壁，战线越长消耗越大，巨大的经济压力使日本不堪重负，日本人在寻求速战速决的方式，使用核武器成为日本军方的选择。一方面，日本派高级特务去美国刺探制造原子弹的核心技术，另一方面，日本派特务到中国的大后方中贝省东义市窃取金属铀的地质资料，企图掠夺金属铀矿产，生产和制造原子弹，如果让日本人的阴谋得逞，战争的格局就要改变。

　　一场争夺铀矿地质资料的战斗在没有硝烟的秘密战场上打响……

人物表

主要人物：

童子欣　　女，23 岁，东义市医院医生，共产党员；

童子巍　　男，27 岁，东义市华府地质调查院工程师，留学日本，爱国人士；

罗斯雯　　女，24 岁，东义市医院护士长，东义市国民党军统站副站长，地下党员；

丁东林　　男，28 岁，东义市邮政局局长，地下党员；

龚喜柱　　男，36 岁，东义市华府地质调查院院长；

汪　航　　男，28 岁，东义市雾都百货店老板，东义市国民党军统站站长；

千里狼　　男，55 岁，进步人士；

鸠　山　　男，30 岁，商人，日本特务；

苏　梨　　女，24 岁，东义市医院护士，日本特务；

渡　边　　男，23 岁，日本特务；

小铃铛　　女，12 岁，艺人，学武术，当演员；

小疙瘩　　男，11 岁，艺人，学武术。

剧 本

【话外音字幕】

1943年5月，我国地质学家南延宗在广西钟山县黄羌坪调查锡矿时，发现这里有铀矿物，沿着一条钨锡伟晶花岗岩脉中的断层面上生长，这是中国第一次发现铀矿。之后不久，在贵州省开阳县的汞矿石中，地质学家也发现了伴生的铀元素。消息不胫而走，引起了日本军方的高度关注，我们的故事因此而来……

1. 东义 / 县城 / 街道 / 日 外

这天是礼拜天，小县城正在赶场，本来就不宽的街道，被小摊贩摆的地摊占据着，街道变窄，熙熙攘攘的人群把街道堵了个水泄不通。东义市华府地质调查院地质工程师童子巍背着一个沉甸甸的包，急匆匆地走在街面儿上，街上人太多，想走快却快不起来，他心里非常着急。

童子巍　劳驾，让让路，我有急事。

人们用稀奇的眼光看着这位与众不同的人。

2. 市区 / 街道 / 小木屋 / 日 内

漂亮的、非常有气质的国民党东义军统站副站长罗斯雯紧跟着大街上的童子巍，在一个拐弯处，一个特务替换了罗斯雯，继续跟踪童子巍。

罗斯雯对路边的其他特务说。

罗斯雯　保护好童子巍。

国民党东义军统站站长汪航带着几个特务在小楼上观察着来来往往的人，这时，一个特务来报。

特务　报告站长，目标出现。

汪航接过特务手中的望远镜，朝街头看去，童子巍出现在望远镜里。

汪航　做好应变准备。

特务们紧张起来。

3. 市区 / 街道 / 日 外

突然，在街道的另一头，响起了敲锣的声音，有人大声喊道："有钱出钱，无钱出个面子，捧个场子，看武术表演，看刀枪不入，刀枪不入！"

艺人小铃铛在搞杂耍，吸引了不少人。

锣声、叫卖声惊动了童子巍，他知道，这是给他预警，童子巍一惊，刚要转身，一支枪顶住了童子巍的腰，一个操着并不纯正的中国话的人说。

持枪人　不许动，不要出声，跟我走。

童子巍虽有思想准备，但这突如其来的情况还是把他惊住了，他看了看附近楼上，有一个年轻女子举着扫帚挥了挥，看到"扫帚"便知道有人保护他，童子巍的心慢慢镇定下来。

4. 市区 / 小楼 / 日 内

掩护身份为东义市邮政局局长的共产党员丁东林看见童子巍马上就要被劫持，他看着身边的特派员童子欣，下达命令。

丁东林　童子欣，你的枪法好，你去狙杀特务，一定要保护好童子巍，这是死命令。

  童子欣 是，坚决完成任务，我看谁敢动我哥一根毫毛。

童子欣提起狙击步枪快速登上楼顶。

5. 市区 / 街道 / 小木屋 / 日 内

望远镜里，汪航看见童子巍被一个面目不清的人劫持，被迫往后退，处在十分危险的境地，汪航一挥手。

  汪航 米人，童子巍被日本特务劫持了，去保护童子巍，上峰有令，童子巍绝对不能出事，如果童子巍有三长两短，军法从事。

  众人 是，保证完成任务。

6. 市区 / 小楼高处 / 日 外

童子欣到达狙击位置，她看见装扮成赶场百姓的游击队员已经接近童子巍了，她必须干掉劫持童子巍的日本特务。

童子欣找到最佳射击时刻，刚要扣动扳机，只听对面小楼一声枪响，日本特务应声倒地。有两群人从两个方向向童子巍扑去。

突然从另一个方向又冲出十几个人，童子欣知道，这些日本人也是冲着童子巍来的，她举枪射击，日本特务应声倒下。

这时童子欣看见一个人手持狙击步枪从对面小楼跳了下来，正好挡在童子巍面前。

  童子欣 汪航？！

童子欣差一点叫出声来。

汪航也看见了童子欣，也很惊讶，但他没有表露出来。

汪航 共产党的队伍在吗？你们把童子巍保护好，日本鬼子我们来对付。

汪航说完，举枪射向日本特务。

罗斯雯冲了过来。

罗斯雯 跟我来几个人，我们绕过去阻击敌人。

罗斯雯举枪射击，敌人应声倒下。

游击队员护着童子巍走了。

看见汪航，童子欣虽然抑制不住内心的冲动，但现在不能释放感情，她必须撤离，必须执行命令。

7. 市区 / 地质调查院 / 日 内

华府地质调查院院长龚喜柱听见远处的枪声，心里不禁紧张起来，他担心童子巍的安全，虽然共产党、国民党双方都承诺一定保护好童子巍，但是，只要童子巍不走进调查院，他的心就是悬着的。

龚喜柱正要拉开门出去看看，一个人撞在他怀里。

童子巍 院长，我回来了，把这个包藏好。

龚喜柱一看，童子巍肩头中了一枪，童子巍把包递给龚喜柱，就昏迷过去。

8. 市区附近 / 小村落 / 日本特务驻地 / 日 内

特高课课长鸠山正在训话。

鸠山 八嘎！一群废物，中国话说的"到嘴的鸭子"都被你们弄飞了，你们该当何罪！通通地死啦死啦的！

渡边　课长息怒，这是国统区，我们施展不开，我们在这里抓人十分不利，也不敢恋战，虽然童子巍跑了，但他还在我们视线内，我们的眼线盯着他的，中国话说"躲得过初一，躲不过十五"。

鸠山　你确认？

渡边　确认！

鸠山　童子巍还不能死，但要掌握在我们手里，我们必须清楚地知道他的一举一动。

渡边　嗨！

9. 市区 / 医院 / 病房 / 日 内

躺在床上的童子巍醒来了，守在他身边一夜都没有休息的护士苏梨惊喜地叫了起来。

苏梨　护士长，快来看，童子巍醒来了，童工程师醒来了。

护士长罗斯雯闻声跑了进来。

罗斯雯　童子巍，你醒了，脱离了危险就好。苏梨，你照顾好童子巍，我去街上给他买一点好吃的。

苏梨　护士长，我去。

罗斯雯　你才参加工作，有几个钱？还是我去吧。

罗斯雯话音未落，已经跑出去了。

童子巍睁开眼睛看着苏梨，漂亮的苏梨，让人心动的苏梨，他有一见钟情的冲动。

苏梨感觉到了。

10. 市区 / 百货店 / 日 内

东义市雾都百货店是国民党军统的联络站,汪航的公开身份是店老板。汪航等人刚撤回到驻地,罗斯雯来了。

罗斯雯 报告站长,童子巍昏迷了一夜,刚才在医院里苏醒过来了,下一步怎么做?请指示。

汪航 照顾好童子巍,不要让任何人接近,不能有任何差池,岗哨我会加强。

罗斯雯 是!

汪航一个眼神,罗斯雯走了。

11. 东义 / 古玩店 / 日 外

为了与上级联络,丁东林骑着自行车,挎着邮包假装送邮件,匆忙离开邮政局,朝地下党联络点奔去。

这是一个古玩店,地下党东义支部书记老楚是店老板,他正在焦急地等待丁东林,他有一项特别的任务要交给丁东林。要他务必找到一个叫"千里狼"的人,这个人身上有秘密。

丁东林终于来到老楚面前。

老楚从包里拿出一枚由汞矿朱砂单晶晶体做成的吊坠,丁东林不解地看着老楚。

12. 东义 / 地质调查院 / 日 内

龚喜柱打开童子巍的包，除了几块石头，里面还有朱砂单晶，血红色的朱砂倒是很好看，此外，什么都没有。龚喜柱心想，几块汞矿石有必要弄得神秘兮兮的吗？秘密还是在童子巍的大脑里。龚喜柱一直在打童子巍的主意，想方设法都想得到童子巍手里的矿物元素分析报告。

【闪回】

龚喜柱 小童，你是我们华府地质调查院的业务尖子，你能从汞矿物中发现放射性元素，成绩不小啊！当然，也是我们全院上下共同努力的结果，你这次去山城做分析测试，结果出来以后，给我做一个详细汇报，我也好安排经费，进一步支持你的工作。

童子巍 好嘞，院长，你放心，我回来第一时间给你汇报。

【闪回结束】

龚喜柱想，这童子巍回来第一时间不是来给他汇报，而是去住医院，还不知道什么时候才能出院给他汇报，对方催得紧，时间紧，龚喜柱的压力很大。

13. 东义 / 医院 / 日 内

苏梨和童子巍在散步，这几天，童子巍得到苏梨无微不至的关心照顾，从开始时的好感，变成了内心的感激，童子巍强压着的感情也暴露出来。

童子巍 小苏护士，你不是本地人吧？

苏梨 我是黑龙江人，日本鬼子打进东北以后，我在一个护士站学了一些护理的知识就参加了救护队，后来，东北待不住了，我父亲带着我们一家人四处逃难，不幸走散了，我只身一人来到东义，进了这家医院。唉！

　　童子巍　你父母找到了吗？

　　苏梨摇头。

　　苏梨的耳边响起她的父母被日本鬼子抓走时，她的惨叫声，那时苏梨也被日本人抓了，她知道日本人的凶残，在日本人手里，她受尽了折磨，她的父母肯定也是九死一生。

　　童子巍　等我的伤好了，我帮你找父母，我一定能够找到。

　　苏梨　谢谢你了，你这个样子怎么找人，还是先养伤吧！

14. 东义 / 地质调查院 / 日　内

　　龚喜柱努力回忆和童子巍在一起的每一个细节。

　　【闪回】

　　激烈的枪声响起，童子巍拼命逃命，把报告塞到了石头砌的墙缝里，龚喜柱用手在墙上抓啊抓，手都抓出血了，还是没有见到报告……

　　血从指尖滴到地上。

　　【闪回结束】

　　龚喜柱从床上坐起来，原来他做了一个梦。

　　龚喜柱（自言自语）　童子巍把报告放哪里了？

　　这个报告对龚喜柱太重要了，决定着龚喜柱的命运。

15. 东义 / 古玩店 / 日　内

　　丁东林坐了下来，眼睛紧紧盯住老楚手里的吊坠，他想知道这个吊坠隐藏的秘密。

老楚　老丁，童子巍怎么样了？

丁东林　在医院里，伤不重，只是惊吓得厉害，估计过几天就会好的。

老楚　过了危险期就好。我来讲讲情况，这个用朱砂单晶做的吊坠，是千里狼和他母亲的信物，千里狼只要看见这个吊坠，就会来见他的母亲。

丁东林　用吊坠把千里狼引出来？

老楚点点头。

丁东林　千里狼的母亲在哪？

老楚　讲纪律，不该问的不要问，不过我可以告诉你的是，千里狼的母亲我们已经保护起来了。

16. 市区 / 百货店 / 日 内

汪航正在看一份重庆来的密件，密件说，在东义附近，老百姓发现了一处金矿，晶体非常好，同时，民间还有一张老矿脉图，希望他尽快搞清楚情况，及时报告。

汪航被上峰搞糊涂了，一会儿是汞矿里发现放射性元素，一会儿是发现金矿，就不明说要他干什么，我汪航运气这么好？能和金子打交道也行，真的掉进金窝窝里了？

汪航　老王，把罗副站长叫来，有任务。

17. 东义 / 古玩店 / 日 内

老楚对丁东林说。

老楚　民间有一张金矿的老矿脉图，传说与千里狼有关，找到千里狼就有可能找到这张图。我们一定要设法弄到手，不能落在日本人手里。

丁东林 老楚,一点头绪都没有,怎么找?

老楚指着桌上的地图说。

老楚 这是金水沟,在东义北面的深山里,最近几天我们陆续得到情报说这里有"金矿",这个信息虽然不靠谱,但要证实,有金子就一定会有人去淘的,千里狼也会去的,其他的"狼"也会去的。

丁东林 明白,我去。

18. 大山 / 小村庄 / 日 外

金水沟在大山里,一条小河流淌,潺潺流水,清澈见底。附近有一个小村庄,村庄里有一个叫"响亮"的戏班子,半年前从北方搬到这里,说是来避难的。

清晨,武术演员小铃铛出来练武,她是本地人,戏班的尹老板刚收留了她。尹老板说戏班要有一个本地人,出行时语言交流、带路也方便一点。

小铃铛小时候跟爷爷学了一点"三脚猫功夫",就算习武有一些基础了,所以上手比较快。

小铃铛刚站稳马步,尹老板来了。

尹老板 小铃铛,我今天想进山打猎,你陪我去,路上,我教你射弓箭。

小铃铛一听能学习射弓箭,马上应下来。

小铃铛 好的,尹老板,我马上来。

19. 东义 / 医院 / 日 内

龚喜柱来医院看望童子巍,一进门就看见了漂亮的护士苏梨,急忙和苏梨打招呼。

  龚喜柱 苏护士好，你知道童子巍在哪一个病房吗？麻烦你带我去见见童子巍。

  苏梨 知道，请跟我来。

20. 东义 / 古玩店 / 日 内

  老楚 东林，你亲自去一趟金水沟，看看有没有可能把千里狼找到，他是知情人，一定会提供有价值的情报。

  丁东林 山里有我们的人吗？

  老楚 没有，全靠你的眼、嘴和脚。

  丁东林 那就给我一个助手。

  老楚 你和童子欣去吧！她可是才貌双全、文武双全，听说她就是金水沟的人，在金水沟基础牢。

  丁东林 我已经领教过了，她是特派员，她领导我吧，我当助手。

  老楚 童子欣！

  童子欣 到！

21. 东义 / 医院 / 病房 / 日 内

  苏梨带着龚喜柱朝病房走去。

  病房里，童子巍给罗斯雯交代着什么，罗斯雯频频点头，意思是她都懂了。这时，龚喜柱、苏梨走进病房。

  龚喜柱 子巍，好些了吗？

  童子巍 院长来了，谢谢！我好些了。诸位请便吧，我有事向龚喜柱院长汇报。

罗斯雯和苏梨退出病房。

童子巍拿出一块黄铁矿石给龚喜柱看。

童子巍 院长，前几天我去了一趟金水沟，这是我在金水沟采的样。我找到的金矿不要让日本人知道，要是让日本人知道了，我们的金矿宝贝就要被抢，就保不住了。

龚喜柱 不是……

龚喜柱想说什么，童子巍不让他说出来。

童子巍 这是金矿，记住了吗？

龚喜柱不知童子巍的用意，看见童子巍十分地固执，不知童子巍的意图，只好配合童子巍。

龚喜柱连连点头。

门外的罗斯雯和苏梨都懂唇语，她们都记住了一个地名：金水沟，金矿。

罗斯雯用眼角余光好奇地观察苏梨，苏梨的嘴有重复"金水沟、金矿"的动作。此时此刻，罗斯雯觉得童子巍对苏梨的怀疑有道理，苏梨真是值得怀疑。罗斯雯心想，苏梨懂唇语就一定是受过训练的特务，既然是特务，苏梨在为谁服务？如果苏梨为日本人服务，这"金矿"的危险就太大了，一定要查清楚苏梨是干什么的。

罗斯雯决定从苏梨的身份查起。

22. 大山 / 金水沟 / 日 外

尹老板和小铃铛弓着身走在密林里，每人拿着一张弓箭，前面出现一只野兔，尹老板示意小铃铛搭箭射击，小铃铛力气太小了，弓拉不满，射空了，尹老板说"看我的"，手起箭发，野兔倒地。

尹老板　你要好好做力量练习。

小铃铛　是，师傅。你今天怎么想到出来打猎？

尹老板　清晨我就听见喜鹊叫，有重要客人要来。对了，小铃铛，我交给你一个任务。

小铃铛　师傅请吩咐。

23. 山间 / 道路 / 日 外

丁东林和童子欣装扮成回娘家的小夫妇，雇了一个"挑夫"，朝金水沟走去。

突然有一只野兔从丁东林面前跑过，童子欣一出手，兔子应声倒下。丁东林走过去一看，是一只飞镖刺在兔子的喉咙上。

丁东林朝童子欣竖起大拇指。

丁东林　好镖！

童子欣　保护首长的安全，是我的职责。

丁东林　你是特派员，你的安全更重要。

丁东林觉得四周有动物爬行的声音，有点异常，他看了童子欣一眼，意思是说，有情况？

童子欣把手指往嘴里一放，吹了一个响亮的口哨，这是一个特殊的暗号，听到暗号，一群人涌了出来。

丁东林更纳闷了。

24. 市区附近 / 小村落 / 日 内

日本人收到了特务"燕子"发来的情报，课长鸠山正在看情报。情报上说，民间在金水沟一带发现大量金矿，要鸠山务必去查清楚真实情况，日本军方非常需要金子。

鸠山纳闷，一会儿说童子巍在金水沟发现铀矿，现在又说发现金矿，金水沟真有这么多矿吗？金子很重要，但比金子重要几百倍的是铀，查清这里的铀矿，是山田老师交代又交代的任务，我绝对不能被误导了。

鸠山 情报可靠吗？

特务 需要证实。

鸠山 怎么证实？

特务 去金水沟走一趟，眼见为实。

鸠山 去金水沟要慎重，我们对童子巍的监视不能放松，更不能被表面现象误导，铀是重点，童子巍才是查明铀矿的关键，重要信息应该在他的身上，我们不要被别人释放的烟幕弹迷惑，不能被别有用心的人引入歧途。

渡边 课长，我们人生地不熟，语言沟通又有障碍，金水沟不可贸然而去，可否……

鸠山 我知道你的意思，让"燕子"去一趟，只要她搞清楚谁去了金水沟，我们就盯谁。

渡边 放长线，钓大鱼！

其实，鸠山放心不下的还是童子巍，童子巍才是鸠山心中真正的大鱼。

25. 市区 / 百货店 / 日 内

罗斯雯要求去金水沟，汪航说。

汪航 螳螂捕蝉，黄雀在后，你不必冲锋在前，你只要盯住共党就行，让共党给我们找情报。

罗斯雯 站长，你发现共党了？共党也要去金水沟？

汪航 我感觉有一个人可能是共党。你还记得那天我们奉命保护童子巍的情形吗？

罗斯雯 当时现场很混乱，是什么人出现了？请站长点拨。

汪航 这个人你认识。

26. 大山 / 金水沟 / 日 外

小铃铛带着几个在"响亮"戏班学习武术的小伙伴上山讨猪草。小铃铛和一个小伙伴比赛看谁讨的猪草多，看谁喂的猪肥，谁就是"养猪大王"。小铃铛想成为"养猪大王"，成为"养猪大王"别人就不会小瞧她了。

但是，戏班的小伙伴们对讨猪草养猪没有兴趣，也不想当什么"养猪大王"。

小伙伴 当"养猪大王"没有意思，你们看，下面就是金水河，我们去洗澡去，还可以打水仗。

小铃铛 好啊，我也想洗澡了，我们看看谁先跑到金水河，听说金水河里有娃娃鱼，看谁先捉到娃娃鱼。

小伙伴们朝金水河涌去。

小铃铛东张西望在等童子欣。

27. 市区 / 百货店 / 日 内

罗斯雯　站长说的是童子巍的妹妹童子欣？

汪航　正是。

罗斯雯　童子欣最近突然出现是不是与金矿有关？如果我没有说错的话，童子欣对站长你可是一往情深啊！难道站长想要利用童子欣？这可不是你的做派。

汪航　不对，不对，什么利用，你扯远了。共产党也在抗日嘛！现在不是国共合作吗？只不过要各为其主，这是基本立场。

罗斯雯　那就请站长说说你的高见，怎么国共合作？怎么各为其主？

汪航　罗斯雯少校，我的副站长，你的智慧在我之上，你该怎么做，还用我说吗？

罗斯雯　你就会"黄雀在后"。

汪航　"黄雀在后"有什么不好，最省事。

28. 大山 / 金水沟 / 日 外

一个小伙伴第一个跑到金水河里，她看到远处河岸上有一片石头在阳光的照射下，闪闪发亮。

小铃铛　你们看看前面是什么东西闪闪发光？

小伙伴　好像是一大堆金子，我们遇到金山了。

小铃铛　你是不是大白天说梦话，金子你都没有见过，你怎么知道是金山？

小伙伴　我听大人说，黄色的发光的就是金子。

小铃铛　是啊，是黄色的，也发光了，难道我们的财运来了，我们真的要发财了?

讨猪草讨出一个"大金山",让小伙伴们欣喜若狂。

29. 大山 / 道路 / 日 外

童子欣对丁东林说。

童子欣　这是我们金水沟游击队的少年队员们。

丁东林一看,与其说是少年游击队,还不如说是少先队,一群十四五岁的孩子。

童子欣　小伙伴们,姐姐来看你们啦!

突然,一拳向童子欣打来。

童子欣　小疙瘩,小师弟,这就是你给姐姐的见面礼吗?

小疙瘩　师姐,你接得住我三招吗?

童子欣接招,但小疙瘩来势汹汹,童子欣还有一点猝不及防,招架不住,这时,远处一只飞镖飞向小疙瘩,童子欣眼明手快,一脚向飞镖踢去,镖飞了,童子欣落地站稳。

童子欣、小疙瘩拱手施礼。

童子欣、小疙瘩　师傅!

师傅已经不见了人影。

30. 大山 / 金水河 / 日 外

这时,金水河的下游突然有一个女人掉进了河里,呼救声从远处传来,童子欣和小疙瘩跑去救人。

小铃铛　子欣姐姐,我来接你了。

远处的小铃铛向童子欣跑去。

罗斯雯站在高处，观察着所有的人，看好戏。

31. 大山 / 金水河 / 日 外

金水河水面上一个人轻功了得，走在水面上快步如飞，一伸手，把掉河之人抓起，往岸上一推，正好推在童子欣面前，童子欣一把抓住掉河之人，抬头望去，救人之人已经远去。

童子欣　师傅！

关键时刻，师傅又出手了，童子欣从内心对自己的师傅深深地敬佩。

罗斯雯想，哪来的高人，非凡的武功，都说千里狼武功了得，莫非是千里狼来了？

罗斯雯不敢肯定。

丁东林走到童子欣身边，帮着扶起落水之人，丁东林大吃一惊，此人是苏梨。

小铃铛也过来帮忙。

童子欣　小铃铛！

小铃铛　子欣姐姐！

丁东林纳闷，苏梨怎么会在这里？童子欣把丁东林拉到一边，压低嗓门对丁东林说。

童子欣　估计苏梨是我师傅千里狼救的。

丁东林　那你师傅呢？

童子欣　来无踪，去无影。

丁东林　找到千里狼是我们的任务。

这一切，都没有逃过罗斯雯的眼睛。

32. 金水河 / 河边 / 日 外

童子欣心想，不管苏梨是什么人，什么来路，先要救人。

童子欣背着苏梨在小铃铛等人的帮助下，一步一步地向金水寨走去。苏梨伤得不轻，不马上抢救，会有生命危险。

走着走着，童子欣感觉到有人在跟踪。

童子欣　小铃铛，我们后面有"尾巴"，你注意到了吗？

小铃铛　我没有看见。

远处，鸠山的喽啰在监视苏梨。

33. 山村 / 房屋 / 日 外

童子欣背着苏梨刚进村，遇到两个人迎面走来，走在前面的女性是罗斯雯，童子欣似乎在哪见过她。

罗斯雯　是共产党的队伍吗？我奉命来保护你们和苏梨，你们赶紧走，后面的人我来对付。

童子欣不愿被人看到正面，便压低了头。罗斯雯在街头保护童子巍的场景出现在童子欣的脑海，一定是她了，也许是朋友来了，也许是对手来了，不容多想，童子欣把苏梨背进村里。

罗斯雯带着手下朝跟踪苏梨的人迎了上去。

34. 金水河 / 河边 / 日 外

金水河边，丁东林眼睁睁地看着河边闪闪发亮的"金矿石"，这就是金矿吗？丁东林后悔没有把龚喜柱请来，只有龚喜柱、童子巍才搞得清楚这是不是金矿。

小疙瘩看见一伙人拿着一些工具，就要砸"金矿"，急了，小疙瘩赶快制止。

丁东林 你是小疙瘩吧？

小疙瘩 你怎么认识我？

丁东林 我们特派员告诉我的，少年游击队，是吧！我交给你一个任务好不好？

小疙瘩 什么任务？

丁东林 把这个"金山"看护好，不准人接近，更不准人采矿搞破坏，只要你做好这件事，我供你们吃饭。

小疙瘩欣然答应。

小疙瘩 是大米饭吗？好吧！你是什么人？

35. 市区 / 百货店 / 日 内

汪航正在看罗斯雯的密报，疑似千里狼的人在金水沟出现了。

汪航兴奋地拍案而起。

汪航 命令罗斯雯，一定要查清千里狼的去向。

特务 是！

36. 市区 / 地质调查院 / 日 内

地质调查院内，龚喜柱正在看标本，汪航来了。

汪航 龚院长，听说金水沟一带发现金山了，是一个露天金矿。

龚喜柱　什么？发现露天金矿？我最近经常去金水沟，怎么没有发现？

汪航　我听人说最近金水河发大水，植被被大水一冲，金矿就露出来了，看上去金矿的晶形完好，四方体，闪闪发亮。

龚喜柱　汪先生也会看晶体？

汪航　略知一二。

龚喜柱　不可能是金矿，金属金没有这么好的晶形，为什么有人说发现金矿？一定有问题。

汪航　耳听为虚，眼见为实，我陪你去看看不就知道了吗，路上也有一个照应。

龚喜柱　什么时候去？

汪航　现在。

龚喜柱　我走不开，我还有好多事。

汪航　必须去，这是命令。

37. 村寨 / 路边 / 日 外

罗斯雯带了几个人来到路边。

一把刀架在一个人的脖子上，手一动，这人死了，另一个人吓坏了，拔腿就跑，被一把飞镖击中。

监视苏梨的日本人被罗斯雯少校的手下解决了。

38. 市区 / 医院 / 日 内

站在病房里的童子巍从窗户里看见汪航和龚喜柱朝金水沟方向匆匆走去，知道自己的调虎离山计初步奏效了。

童子巍假装去医院院子里走走,其实是想证实还有没有人在监视他。他发现,四处都是国民党特务,特务的监视没有放松,怎么脱身呢?

童子巍心想,既然计划已经实施,他就必须从医院脱身,他一定要达到目的。

关键的是,童子巍还不知道,除了国民党特务"保护"他,鸠山也一直盯着他。

39. 山村 / 戏班 / 日 内

躺在"响亮"戏班小铃铛床上的苏梨醒过来了,她一把抓住小铃铛,发疯似的说。

苏梨 我在采草药,是他们把我推下河的,他们想杀人灭口。小妹,谢谢你们救了我。我要走,你们不要拦住我,我要去找他们拼命,不,我要给子巍吃药,让他尽快好起来。

尹老板护着小铃铛,怕苏梨伤了小铃铛,童子欣问苏梨。

童子欣 他们是谁?他们为什么要杀你?

苏梨 我不认识他们,但我记住了一张脸,我忘不了这张脸,我要去扒了他的皮。

苏梨好不容易站起来,但站不稳,差点摔倒。童子欣和小铃铛赶紧把她扶住。

童子欣 要扒别人的"皮",也要把自己的伤养好才行,快躺下。

小铃铛 是啊!快躺下。

苏梨只是哭,好在她没有特别留意童子欣,否则童子欣就有大麻烦了。

不一会儿,外面传来罗斯雯的声音。

40. 市区 / 医院 / 日 内

病房里,"护士"发现童子巍不见了,马上跑到小阁楼,放走了一只鸽子。

医院附近的鸠山看见了刚刚飞起来的鸽子,他知道这是内线告诉他童子巍离开医院了,鸠山立即下令。

鸠山 跟踪童子巍,不能伤害他,只要知道童子巍去什么地方就行。

众特务 是。

鸠山 发现童子巍立即向我报告。

41. 市区 / 街道 / 日 外

经过乔装打扮的童子巍出现在街头,他想去找回藏在墙缝里的报告,他心急火燎,快步如飞。

后面有人跟着,他甩不掉,心里很着急。

要命的是,他在拐角处撞见了一个人。

42. 市区 / 街道 / 日 外

童子巍在急急忙忙中撞上了乔装打扮成商人的鸠山,这两个人是老同学,久别重逢,没有热情,只有惊讶。

鸠山和童子巍都是日本矿产资源学院的学生,大学期间鸠山还去了军事学院学习,所以,鸠山没有真正地学过几天地质课,不会搞地质,也不怎么认识矿物。

裂 变

　　童子巍　鸠山，你怎么会在这里？

　　鸠山　我从日本千里迢迢来找你。

　　童子巍　找我做买卖吗？我可不在行。

　　鸠山　做买卖的事让给我，我就是来做汞矿的买卖的，你不用做生意，你好好研究矿、找矿就行。

　　听到汞矿，童子巍下意识地"咯噔"了一下。为了掩饰自己的失态，童子巍把话题岔开。

　　童子巍　山田老师还好吗？

　　鸠山　山田老师在大日本帝国战略资源厅工作，非常好。

　　童子巍心想，山田身体好就要折腾我们，我们就要遭殃。

43. 山村 / 戏班 / 日 内

　　罗斯雯风风火火地冲进了小铃铛家，看到了床上的苏梨，罗斯雯是护士长，是苏梨的领导，罗斯雯很严肃地问苏梨。

　　罗斯雯　苏梨，你怎么到这里来了？怎么受的伤，怎么掉的河？你给我说清楚。

　　苏梨只是哭，什么都不说。

　　罗斯雯　你不说，我开除你。

　　苏梨　别……

　　罗斯雯想，苏梨的疑点越来越多。

44. 市区 / 街道 / 日 外

　　童子巍无心和鸠山闲聊，一心想摆脱鸠山，有点心不在焉，被老奸巨猾的鸠山看出来了。

鸠山　我只是做汞矿生意，和战争无关，你别多心。这是我的名片，上面有我的公司的地址、电话，你空了来坐坐，叙叙旧，我还想请你当我们公司的顾问，用你所长。

童子巍　做顾问就不必了，我有急事先走，改日我登门拜访。

童子巍匆匆离去。

鸠山头一歪，特务跟了上去。鸠山露出凶狠的目光。

45. 山村 / 野外 / 夜 外

丁东林和童子欣在小树林分析情况。

丁东林　据我的观察和分析，金矿肯定是假的，是黄铁矿，之所以冒出这么一个金矿，是你哥想转移视线，用调虎离山计把对他感兴趣的人都引到金水沟，他好暗度陈仓，达到他的目的。

童子欣　不过，我们也有收获，许多关键人物都出现了，有利于我们看到真相。老丁，当前，我们的思路一定要清晰，要找到问题的关键点，才能找到突破口。

丁东林　真正的突破口是你哥哥，你应该去见他了。

童子欣　我哥身上本来就有许多秘密，而且可能是国家的重大秘密。我想知道的是还有哪个人在打他的主意，我去，只有这样才能弄清楚真相。

丁东林　你要想好对策，不打无准备之仗。

童子欣点点头。

丁东林　和你哥见面的事我来安排。

46. 山野 / 金水沟 / 日 外

汪航和龚喜柱来到金水沟，被小疙瘩等人拦住，不让走。

小疙瘩 对不起先生，这里是"金山"，我们奉命保护，你们不能过去，必须绕道走，否则，我们就把你们当汉奸抓起来。

汪航 你们是哪个部队的？

小疙瘩 我们是八路军金水沟少年游击队。

汪航心想，这里什么时候冒出八路军来了，人人心向着八路军，还是共产党厉害，小孩子都打他们的旗号。

龚喜柱一眼就看出了地上的"金矿"是黄铁矿，与童子巍给他看的一模一样。到这时，龚喜柱明白了，这哪是什么金矿，是黄铁矿，是童子巍的烟幕弹，大家都上童子巍的当了。

龚喜柱转念一想，童子巍为什么称这里有金矿，让大家都来围着不值钱的黄铁矿转？他葫芦里卖的是什么药？转移视线？我后悔答应配合他了。

龚喜柱 汪老板，我们发大财了！

汪航不解地看着龚喜柱，他也反常了？

47. 市区 / 医院 / 日 内

遇到鸠山以后，童子巍什么地方都不敢去，什么事都不敢做，无可奈何的童子巍又重新回到病房。

病房外又出现"保护"他的人。

从看见鸠山的那一刻起，童子巍就知道自己仍然处在危险中，他的调虎离山计骗不了鸠山，怎么办呢？一计不成再施一计，童子巍计上心来。

童子巍要施"美人计"，他想到了苏梨。

48. 东义 / 医院 / 日 内

回到东义，丁东林又开始送邮件了，他来到医院，给童子巍送来一封信，是妹妹童子欣写给童子巍的。

童子巍撕开信封，拿出信来看。信上说，童子欣已经从"澳大利亚大学"毕业了，在贵阳一家珠宝公司工作，主要经营朱砂宝石，她最近要回东义做买卖，希望哥哥提携她。

妹妹来做买卖？！兵荒马乱的，做买卖的都是假的，这点托词骗不了童子巍，童子欣到底要干什么？童子巍心里有疑惑，童子巍对自己的妹妹也不了解了。

丁东林　童先生好，我也有几颗朱砂，什么时候也请你去给我看看好坏？

又是朱砂，朱砂秘密太多，童子巍就是不愿意别人在他面前说朱砂，好像别人在试探他，他已经形成条件反射。

49. 东义 / 古玩店 / 日 外

珠光宝气、改头换面的童子欣走出古玩店，一辆黄包车来到童子欣面前，童子欣款款上车，一副大家闺秀的样子。

路上，童子欣回忆她送童子巍去日本留学的情形。

【闪回】

少年童子巍心怀抱负，即将踏上东去的路。

童子欣给哥哥织了一对手套，送给哥哥。

童子巍　妹妹，照顾好爸妈，我走了。

【闪回结束】

童子欣（自言自语）　哥哥，我对不起你，我没有照顾好爸妈。

童子欣手里拿着一颗朱砂，是母亲留下的，采自白虎山上的白虎洞。妈妈说，白虎洞的朱砂做的饰品戴着有虎威，有辟邪的作用，会保护好童子欣的，等童子欣出嫁时，再给她做一个漂亮的坠子。可惜爸妈早早走了。

童子欣　医院快到了吧！

50. 东义 / 医院 / 日 外

童子巍从病房往外冲，龚喜柱拦都拦不住。

童子巍　是谁把苏梨推下河的？我要去找他拼命。我一定要去看苏梨，不要拦着我。

龚喜柱　童子巍，你冷静点，苏梨已经回到医院了。

童子巍　在哪个病房？带我去。

童子巍冲出病房，与童子欣撞了一个满怀。

童子欣　哥哥！

童子巍　小欣，是你？

在战火纷飞的年代，在一个特殊的地点，肩负着共同的使命，兄妹俩相逢了。

51. 市区 / 日本特务驻地 / 日 内

苏梨来到鸠山的办公室，鸠山一见到漂亮的苏梨，就忍不住去抱苏梨，苏梨坚决地把鸠山推开了。

苏梨　鸠山，我们是有约定的，不能进行性侵犯，你要不遵守规矩，我现在就死在你的面前。

鸠山　不要冲动，我也是很久没有见到你了，想你了。

苏梨　你就是会装，会演戏，假惺惺的，真想我，把我爸爸、妈妈从牢房里放出来，我什么都依你。

鸠山　此话当真？

苏梨　当真。

鸠山　不过现在我还不能放你父母，我们还需要你继续为我们工作。去金水沟的是什么人，都搞清楚了？

苏梨　搞清楚了，有一个人很值得怀疑。

鸠山　谁？

苏梨　不告诉你。

鸠山　条件？

苏梨　条件就是你不能抓人，你一抓人我就暴露了，就没有人给你当卧底了。

鸠山　你给我写一个名单，我把这些人监视起来。

苏梨　这可是国统区，你不可贸然行动。

52. 市区 / 百货店 / 日 内

汪航拿到了军统组织对苏梨的外调材料。

汪航　这个苏梨的历史很清楚啊，看不出什么破绽。

罗斯雯　没有破绽就是最大的破绽。

汪航　但是有一点值得关注，据有关方面的了解，苏梨在逃难时被日本人抓捕过，她的父母被日本人杀害，但是她还不知道。

罗斯雯　杀害苏梨父母的凶手一定是鸠山。

汪航　聪明，鸠山还在用苏梨的父母威胁苏梨。

罗斯雯　根据分析和判断，苏梨正在为日本人工作已经确信无疑了，不过，她现在还没有罪行，我们还可以争取她、利用她。

汪航　高见！

53. 医院 / 病房 / 日 内

清晨，罗斯雯查房，她来到苏梨的病房，很直接地问苏梨。

罗斯雯　苏梨，你的身体还很虚弱，不能乱跑，我的同事看见你去了一个百货店，是去买东西了吧！以后需要什么，我们医院的护士可以代劳的。

苏梨　我是去买了一点妇女用品，这都让你操心了，很过意不去。

罗斯雯　我们辛苦一点没有什么，如果你出了"安全问题"，我们医院的责任就大了。

这时，童子巍急急忙忙地跑了进来。

童子巍　苏梨，你怎么了，是谁要害你？伤好些了吗？让我看看，我好着急。

苏梨知道，这是童子巍对她一见钟情的结果。

苏梨　我很好的，过几天就没事了，谢谢你这么关心我，我好感动。

童子巍　我还有一件事想请你帮忙。你认识鸠山吗？

苏梨　我知道这个人。

童子巍　鸠山是我的日本同学，我想请他吃饭，你能不能扮一下我的女朋友陪他吃饭，这样我才有面子。

苏梨　不用扮了，我就是你的女朋友。

童子巍听了这话又"感动"了，冲动地去抱着苏梨。

童子巍 太好了，我太幸福了。

童子巍要利用苏梨缠住鸠山，苏梨要接近童子巍从而获取矿产资源的情报，目的不同，但两相情愿。

室外的童子欣，仔细地观察这两个人。

54. 医院 / 道路 / 日 外

童子巍、童子欣兄妹俩散步。

童子巍 小欣，我们的父母是怎么死的？

童子欣 有一天，有一个日本人来到我们村，说要去白虎山的白虎洞搞测量，要找两个人帮忙，爸妈就答应了。晚上很晚传来消息，说爸爸、妈妈摔到悬崖下了，乡亲们找了一天，才找到尸体。爸妈死得好惨啊！

童子巍 那个日本人叫什么？

童子欣 不知道。

童子巍 找到他，我扒了他的皮。那你又是怎么去澳大利亚读的书？

童子欣 是一个武术师傅救了我，把我带到江湖上，才……

童子巍 是千里狼？

童子欣 你也知道千里狼？千里狼是一个好人。不说这些伤心的事了，我们抽时间去山上拜祭父母吧！

童子巍 我正有此意。

55. 市区 / 饭店 / 日 内

鸠山如约来到饭店，童子巍和苏梨已经在等候了。让鸠山始料不及的是，苏梨居然成了童子巍的女朋友。

鸠山 恭喜子巍兄找到这么漂亮的女朋友。

童子巍 谢谢，这是上天对我的厚爱。

苏梨 鸠山先生，你也会找到真爱的。

鸠山 笑谈，笑谈。子巍，今天请我吃饭，不只是给我介绍你的女朋友吧？

童子巍 那就说正题吧！你也不是只来东义做生意吧？

鸠山 子巍先生还是这么直截了当。坦白说，我是来做一个大买卖，我想和子巍先生做一个大买卖，这个大买卖关系到中国战场、太平洋战场的胜负，整个太平洋战场将有一场大裂变，战争格局将有大变化。

童子巍 鸠山先生夸大其词了吧，我们小小的东义，小小的我，有这么大的买卖吗？能把战争推向裂变？

鸠山 有！

童子巍听成了"铀"，心一惊，杯子差一点掉在地上，苏梨赶紧扶住童子巍。

童子巍 鸠山先生，你的"有"威力太大了，我被震惊了。

童子巍、鸠山哈哈大笑，苏梨不得其解。

服务员打扮的童子欣站在门边，她好像听明白了，又好像不明白，但是，有一点她肯定，丁东林说的是对的，童子巍身上有大秘密，能引起裂变的大秘密。

童子巍 鸠山，我今天请你吃饭是有事相求。

鸠山 请讲。

童子巍 我和苏梨想去拜祭一下我的父母，路上不安全，苏梨刚受了惊吓，你能不能派几个武士保护我们？

鸠山 我一个做生意的，哪有什么武士，朋友倒是有几个。没问题，你们的安全，我朋友负责了。这一次苏梨小姐要格外细心喽，不要又被推下山了！

苏梨　谢谢你为我这么操心。

56. 白虎山 / 小路 / 日 外

童子巍、童子欣、苏梨一行人匆匆地走在山路上，罗斯雯带着一队人马紧随其后，丁东林也带着小铃铛、小疙瘩来了。

鸠山也没有闲着，他尾随跟踪童子巍一行人。不过他不知道，丁东林已经在算计他了。

汪航站在山顶上，透过望远镜紧紧地盯着童子欣，看着眼前的沟壑纵横，往事又出现在汪航眼前。

【闪回】

某八路军训练营，汪航被国民党特工部派到八路军训练营担任教官。汪航一眼就看中了漂漂亮亮的童子欣，这么漂亮的脸如果被风吹雨淋"破坏"了多可惜，汪航怜香惜玉。

汪航　子欣，为什么要来特训营受苦？

童子欣　为了报仇！

汪航　报仇简单，你把目标给我，三天后，我把人头提来。

童子欣　捣蛋鬼！

童子欣朝着目标猛烈扫射，愤怒写在她的脸上。

【闪回结束】

汪航看到望远镜里的童子欣已经是今非昔比了，精神抖擞，干练了许多，她能为共产党担大梁了。

57. 大山 / 墓地 / 日 外

童子巍和童子欣去祭奠自己的父母。在墓地，童子欣产生一种感觉，师傅千里狼刚来过，好像处处都留下了千里狼的痕迹，童子欣仔细地观察着墓地四周，她希望有所发现。

童子巍把酒倒上了。

童子欣果然聪明，在一个小树洞里，她看见了一颗朱砂做的小红豆，别人看去不起眼，童子欣看着光彩夺目。

童子欣知道千里狼要来帮她了，想到就要和千里狼见面了，她激动地等待着。

童子巍、童子欣等所有的人把酒举过头，然后把酒喝了。

童子巍　爸爸、妈妈，不孝子童子巍来看你们了，你们有冤申冤，我们兄妹俩有仇报仇。爸爸、妈妈，你们一定要保佑我们兄妹俩，我们不能尽孝，但一定尽忠！

就在这时，除了童子巍、童子欣，其他人都倒下了，童子欣还在纳闷，童子巍说。

童子巍　妹妹，我放了迷药，趁这帮人昏睡，我要去白虎洞走一趟，我知道你武功好，你能保护我吗？

童子欣点点头。

童子欣　我的任务就是保护你。

童子欣知道千里狼来过了，而且千里狼就在附近，童子欣从树洞里取出红豆，高高举起，示意千里狼。

童子欣　哥哥，我师傅千里狼来了，这是他留给我的，他应该就在附近了，有我师傅，什么都不用怕。

童子巍看着童子欣的样子，知道共产党的地下组织在暗中保护自己。

58. 大山 / 道路 / 日 外

望远镜里，鸠山看见他的人被迷药迷倒了，心想，坏了，中了童子巍的计了，童子巍一定是要行动了。

童子巍的目标是白虎洞里的汞矿。

酒里虽然有迷药，但苏梨喝得少，迷药喝得不多，醒来一看，童子巍、童子欣兄妹俩不见了，便顺着路往山上去找，童子巍看见苏梨爬上来了，对童子欣说。

童子巍　小欣，你缠住苏梨，我进洞采样，一会儿就出来。

童子欣很聪明，虽然不懂"采样"，但明白哥哥的意思。童子欣看见苏梨来了，就装作自己的脚扭伤了，"哎哟，哎哟"地叫。

童子欣　苏梨，快来帮我。

苏梨　不，你在路边坐一会儿就好了，我要去找童子巍，他要有三长两短，我不活了。

童子欣　如果我有三长两短呢？亏我还救了你，没良心。

苏梨　好好好，我扶你，我们抓紧走。

苏梨要去监视童子巍。

59. 大山 / 山洞 / 日 内

童子巍刚走进洞里，一个蒙面大汉挡在面前，童子巍心想，坏了，不知这人是哪一边的，如果是敌人就完了。

童子巍　你是谁？不要挡我的路。

千里狼　我是千里狼,是童子欣的师傅,你是童子欣的哥哥童子巍吧,我不挡你的路,我是来给你带路的。

童子巍被感动。

童子巍　大恩大德,永世相报!

千里狼　是朱砂吊坠把我引到这里来的,你感谢你的妹妹吧。子巍,我们都在报答我们的国家!走,我知道你想干什么,我带你去你父亲当年工作的作业面。

千里狼的话让童子巍有了新的使命感:祖国在我心中永远是崇高的、无上的!

60. 大山 / 山路 / 日 外

鸠山打开地图,在地图上发现"白虎山"三个字,他想起他的老师山田曾经提到过"白虎山",而且老师还在白虎山搞过化探(化学勘探),他恍然大悟,一切都顺理成章了,童子巍是来白虎山找白虎洞的,白虎洞是产汞矿的地方,难道汞矿有文章、有秘密?想到这里,鸠山兴奋起来,他命令另一部分人朝白虎洞跑去,他要知道童子巍的意图,他要搞清楚白虎洞的秘密。

鸠山的如意算盘是不能得逞的。

丁东林料事如神,在丁东林的安排下,一群山羊堵在了进山唯一的山口上,拥挤不堪。

小铃铛、小疙瘩装着赶羊的样子,怎么赶羊,羊都不动,特务们走不过去,鸠山急死了,使劲往山上挤,不料,鸠山一脚踩空,沿着山路滚了下去。

61. 大山 / 山坳上 / 日 外

丁东林看见鸠山摔倒了，得意地笑了。

日本特务顾不得上山了，都跑去救鸠山，鸠山的腿摔断了，痛得"嗷嗷"地叫。

鸠山　去把该死的羊杀了！

特务们向羊群开枪。

62. 大山 / 山洞 / 日 内

千里狼把童子巍带到他父亲当年工作的作业面，完成了任务，千里狼就要走了。如果没有千里狼带路，童子巍很难找到他父亲当年的作业面。

千里狼　子巍，我就送你到这里了，我走了，其他的就靠你自己了，保重，注意安全。

童子巍　不，你不能走，你不告诉我我父母去世的真相吗？

千里狼　我会的，但不是现在，你现在需要专心做一件事，我不能影响你的情绪，你不要分心。

声音一落，人不见了。

63. 大山 / 白虎洞洞口 / 日 外

童子欣和苏梨一瘸一拐地走到洞口，便听见童子巍怪声怪气、大喊大叫地出来了，出来了还"哇哇哇"地乱叫。

苏梨真的心疼童子巍了。

苏 梨 子巍,是什么东西把你刺激成这样?

童子巍 我刚进洞就遇到毒蛇了,被蛇追着绕了一圈,差一点出不来了,差一点丢命了,苏梨,我好想你,我好怕我见不着你。

童子巍一下扑在苏梨的身上,两人深情地拥抱起来。童子巍的举动让苏梨感到不解,虽然不解,但她必须把戏演下去。

苏 梨 我们俩真是一对苦瓜,我才被推进河里受惊吓,现在怎么又轮到你了。

童子巍 苦瓜遇苦瓜,掉进煤渣渣。

童子欣 哥,你们秀恩爱也不分时候,山下还有许多人惦记我们呢!

童子巍趁机背着苏梨把一个小包递给了童子欣,这下,童子欣什么都明白了,童子巍的事办成了,这个装疯卖傻的哥哥,还真行!

童子欣把包藏在怀里,"哎哟,哎哟"地叫起来。

童子欣 你们不管我,我生气了。

童子欣一个人朝山下走去,这回该童子巍缠住苏梨了。

64. 大山 / 山头 / 日 外

山上,龚喜柱来到汪航身边,龚喜柱不阴不阳地说。

龚喜柱 汪上校是在单相思吧,我这里有一颗相思豆,可解相思之苦。汪上校是否认识?

"我这里有一颗相思豆,可解相思之苦"是接头暗号,相思豆是信物。

汪 航 红豆生南国,春来发几枝。

龚喜柱 愿君多采撷,此物最相思。

汪航扭头看着龚喜柱,看着他手里的相思豆,汪航的确是大吃一惊,"老鬼"来了,"老鬼"是他的上级,在军统内部,大家都怕"老鬼",和

"老鬼"共事，完不成任务必死无疑。

龚喜柱　汪上校别紧张，我不是"老鬼"，我是"老鬼"的线人，不要怕，我没有"老鬼"心狠手辣。

听了这话，汪航稍微放松了一下。

龚喜柱　我了解你，工作还是不错的，只是太儿女情长，该放下的一定要放下。当然，优秀的女共党还是需要你去接触的，否则，你怎么撬开她的嘴？去吧，童子欣正需要你呵护。

汪航将信将疑地朝童子欣走去，他看不懂阴阳怪气的龚喜柱。

65. 大山 / 山路 / 日外

童子欣一路小跑，朝山下走去，汪航就站在面前，着实把童子欣惊了一跳。童子欣身上有童子巍给他的重要物品，她怕汪航来者不善，抢走童子巍费尽周折取到的东西，尽管她不知道是什么东西，但她相信一定很重要。

汪航　子欣，你怎么在这里？没想到我们会在这里见面，我想死你了。

童子欣　你是在执行任务吧！怎么来到这大山里？

汪航　我还想知道你怎么在这里。

童子欣　我来拜祭爸爸、妈妈，和哥哥走散了。

在汪航看来，童子欣没有说实话。

汪航　各为其主，我们不要绕圈子了，把你身上的东西留下，你就可以走了。

童子欣　我很欣赏你的各为其主，我想知道，你的"主"是谁？

汪航　我的"主"就是我的组织。

童子欣　难道你的组织高于祖国？我可是为祖国而战。

汪航　你别小瞧我，我也是为祖国而战。

汪航突然扑向童子欣，把童子欣压在身下，汪航小声地对童子欣说。

汪航　子欣，你的手边有一块石头，你把我打晕你就可以离开了，快！

童子欣犹豫了一下，伸手去抓石头砸汪航，但是她下不了手，正在犹豫的时候，有一只手帮了她的忙，汪航倒下了，童子欣抬头一看，汪航身边躲着千里狼。

童子欣　师傅。

66. 大山 / 山头 / 日 外

山头上的龚喜柱看得真真切切，按汪航的能力，制服童子欣不是问题，但是，汪航没有制住童子欣，是汪航下不了手，过不了美人关，反而遭到暗算。

龚喜柱恨铁不成钢。

67. 大山 / 道路 / 日 外

苏梨扶着童子巍走在下山的路上，童子巍装出一副惊魂未定的样子，童子巍越是做出可怜的样子，苏梨越是怀疑童子巍，她认为童子巍肯定完成任务了，只是不知道童子巍完成的是什么任务。

苏梨　子巍，你给我说实话，你进了洞，真是遇到毒蛇了？

童子巍　这有什么可怀疑的。

苏梨　童子巍，你别蒙我，你不是无功而返的人，你一定完成任务了。告诉我，你的任务是什么？

童子巍　我的任务是让我的国家不被蹂躏，保护国家的资源不被掠夺。

苏梨突然拔出手枪对着童子巍，苏梨终于露出原形。

苏梨 童子巍，别唱高调了，别演戏了，今天你必须把你的任务告诉我，否则，我就给日本人交不了差，我交不了差，我的父母就要死。鸠山承诺的，完成这次任务，他就放了我的父母，我必须救我的父母。

童子巍 我可以帮你救父母，但我绝对不会把我的任务告诉你。

苏梨 你说不说？不说我就开枪了。

罗斯雯出现在苏梨身后。

罗斯雯 苏梨，你就是打死童子巍，你也救不了你的父母了。

苏梨 你是谁？你的真实身份是什么？何出此言？

罗斯雯 我的身份不重要，重要的是我知情。

68. 大山 / 山路 / 日 外

千里狼出现了，又帮了童子欣一次，童子欣非常惊喜。

童子欣 师傅，关键时刻都是你帮我。

千里狼 赶快离开这里，去完成你的任务，记住，你哥哥给你的东西很重要，要用性命来保护。

童子欣 师傅，弟子明白，再见了，师傅。

师徒俩挥泪告别。

69. 大山 / 道路 / 日 外

罗斯雯用坚定的目光看着苏梨。

苏梨 你知道我父母的情况？告诉我，我的父母怎么样了？

罗斯雯 我们的组织一直在调查你和你的家人的情况，从监狱里传出来的可靠消息，你的父母已经被鸠山害死了，这就是真相。

【闪回】

日本人的监狱里,苏梨的父母已经奄奄一息了,苏梨的母亲抱着苏梨的父亲哀求看守。

母亲　给我们一点吃的吧!

看守看了苏梨的母亲一眼。

看守　你等着鸠山先生发慈悲吧!

不久,苏梨的父亲、母亲靠在一起饿死了。

牢房里一双眼睛在流泪……

【闪回结束】

苏梨　不可能,鸠山还说等我完成了这次任务,就放了我的父母,他承诺我的。

罗斯雯　鸠山就是一个骗子,一个刽子手!

苏梨　我要去见鸠山,我要杀了鸠山,我要他偿命!

苏梨疯一般向山下跑去,罗斯雯一把抓住苏梨,按住苏梨的肩膀让她平静下来。

罗斯雯　你这样冲下去,不但报不了仇,还会送了命,仇要报,但要从长计议。

70. 市区 / 地质调查院 / 夜 内

地质调查院四周被国民党军统的人保卫着。

童子巍和童子欣在地质调查院的地下室里见面了,此时,龚喜柱已经躲在地下室夹层里,准备偷听他们的谈话,聪明的童子巍发现了龚喜柱。

童子巍　子欣,你还要帮我做一件事。

童子欣　什么事?我全力以赴。

童子巍把一张纸条塞到童子欣手里，并示意她现在不要看，龚喜柱没有看见他们传递字条。

童子巍 明天一早，我还要去山城中央地质调查局做一个岩石标本的矿物元素的化验，这次化验很重要，它将进一步印证上一次化验的结果，得出重要结论，你帮我准备十天的干粮。

童子欣 我还以为是什么大事，做干粮我在行，我把小铃铛、小疙瘩他们全部发动起来，干粮我包了。

童子巍 谢谢我的乖小妹。

龚喜柱心想，难道汞矿里真有名堂？！

童子巍感觉到龚喜柱已经匆匆离去。

71. 市区 / 日军医院 / 日 内

天一亮，龚喜柱慌慌张张走出地质调查院去医院见鸠山，准备出卖情报。

鸠山的腿断了，痛得他"嗷嗷"叫。

苏梨来了，刚走到门口，就听见了龚喜柱和鸠山在室内谈话。

龚喜柱 鸠山先生，我有一个情报，不知你感不感兴趣？

鸠山 痛死我了，有屁快放。

龚喜柱 你答应我的，好情报要给好价钱，我父亲还等着钱治病呢！

鸠山 不要叫苦了，钱我有，你快说。

龚喜柱 童子巍要去山城化验岩石标本，重要吧！

鸠山忍着痛，给了龚喜柱几张钞票。

鸠山 屁大的事，快滚快滚，不要再拿狗屁情报骗我了。

龚喜柱为三斗米折腰，得到钱就退出去了。"双面人"龚喜柱的奴才样暴露无遗。

  龚喜柱一走，鸠山的脸就变了，他一招手，站在边上的军官渡边走到跟前。

  鸠山 跟着童子巍，让他说实情，一定要拿到他的化验报告，我已经没有耐心了，如果他不配合，就杀了他。

  渡边 嗨！

  苏梨一听，吃了一惊。

72. 市区／地质调查院／夜 内

  深夜，地下室里，童子巍知道龚喜柱已经出去了，把一个日记本交给童子欣。

  童子巍 这是我的老师山田在白虎洞做化探的记录，是我无意间在他实验室发现的，就瞒着他带回了中国。这个记录很重要，你一定要保管好，我就是根据这个记录提供的线索去的白虎洞。

  童子欣 山田老师？是不是我们爸爸、妈妈帮的那个山田？我们爸爸、妈妈的死和他有关。

  童子巍 是的。千里狼一定知道真相，总有一天他会说的。

  童子欣 我会找到千里狼的。

  童子巍 还有，你知道千里狼的妈妈做了一枚朱砂吊坠吗？

  童子欣点点头。

【闪回】

  老楚 这个吊坠是千里狼的母亲给千里狼做的信物。

  阳光下，闪闪发亮的吊坠。

【闪回结束】

童子欣　我听说过。

童子巍　这枚吊坠就是一个隐蔽性很强的标本，你要找到他，关键时刻，会有大作用。

童子欣　嗯！

童子巍　记录本我交给你了，情况你也知道了，一旦我发生意外，你要继续完成我的使命。

童子欣　哥哥，你到底是什么人？

童子巍　中国人！

73. 市区 / 街道 / 日 外

苏梨在华府地质调查院找了一圈，没有看见童子巍，便匆匆忙忙地走在路上，她要去找罗斯雯，把重要的情报告诉罗斯雯，让她去救童子巍。

刚走了不久，苏梨被几个特务拦住了，鸠山挂着一根破拐杖站在苏梨面前。

鸠山　苏梨，没想到，你真背叛我。

鸠山一棒打去，苏梨晕倒。

罗斯雯赶到，只看见一群人的背影。

74. 郊外 / 小树林 / 日 外

清晨，童子欣和小铃铛、小疙瘩等人来到小树林，他们带来干粮送童子巍出行，这一别，也许就是阴阳相隔了。

童子巍拉着妹妹的手。

童子巍　我的话记住了？

童子欣　记住了。

童子巍大步走去。

童子欣眼前出现一幅画面。

【闪回】

童子欣在读童子巍写的字条：妹妹，哥哥知道你是共产党员，共产党员为老百姓出生入死，最值得信任，我一直想加入共产党，但估计没有机会了。我不怕牺牲，就怕自己的任务没有完成，我知道共产党组织在贵阳附近有一个秘密化验所，你一定要找到吊坠，拿去化验，一定会得到我们国家所需要的宝贵的地质资料。

【闪回结束】

哥哥童子巍充满自信的微笑定格在童子欣心里。

童子欣　哥哥！我向你致敬！

75. 大山 / 道路 / 日 外

山路上，童子巍快步如飞，几名日本特务跟在童子巍后面，童子巍知道自己被跟踪了，便朝悬崖上走去。

童子巍刚走上悬崖，就看见鸠山带着苏梨站在悬崖上。

鸠山　老同学，你已经无路可走了，只要你交出地质资料，交出汞矿石样品，苏梨你就可以带走了。

苏梨　鸠山是大骗子！你可不能听他的。

鸠山　苏梨，你赶紧去劝说童子巍交出资料、交出汞矿石样品，你还是我的间谍之花，你还能看见你的父母。

苏梨　爸爸、妈妈，女儿一定会去阴曹地府看你们的。

苏梨说完，突然抱住了鸠山，向悬崖边猛扑过去，苏梨和鸠山掉下了悬崖。

凶狠的日本特务向童子巍开枪,好在罗斯雯及时赶到,拼着命把童子巍救下了。

76. 大山 / 山顶 / 日 外

山顶,老楚把朱砂吊坠高高举起,阳光下,朱砂吊坠发出耀眼的光芒。

千里狼出现了,手里拿着一卷图。

老楚知道是千里狼来了。

老楚 是千里狼兄弟来了吗?

千里狼 老楚,是我!

当年,千里狼就是把童子欣交给老楚,童子欣才走上革命道路。

千里狼取出矿脉图,郑重地交给了老楚。

77. 大山 / 山岗 / 日 外

老楚带着朱砂吊坠和童子欣见面了。

老楚把朱砂吊坠戴在童子欣脖子上,对童子欣说。

老楚 我和千里狼要去保护白虎洞,绝不容许日本特务破坏我们国家的矿产资源。童子欣,你去完成你的任务。

童子欣目送老楚、千里狼远去。

78. 市区 / 城墙 / 日 外

按照童子巍的指引,童子欣找到了童子巍从山城带回来的化验报告单,报告单上写到，汞矿里的确发现有铀异常，但由于实验条件有限，还不能准确下结论，需要到汞矿核心区白虎洞一带进一步采样去化验验证。

童子欣终于明白了童子巍所做的一切。童子巍从山城回来后，为了到白虎洞采样，为了让童子欣顺利地带着矿石去化验，去实现化验验证的目的，为了瞒过日本人，设了这么一个大局，而且不惜牺牲自己。童子欣对自己的哥哥产生了崇高的敬意。

79. 大山 / 金水沟边 / 日 外

童子巍朝北而去，他知道他走得越远，童子欣完成任务的可能性越大，因为，童子欣要向南而行。

千里狼知道童子巍会有危险，一路跟着童子巍。

突然，龚喜柱带着一群日本特务围住了童子巍。

童子巍　龚喜柱，你这个民族的败类，我和你拼了！

童子巍说完，向龚喜柱扑去。

龚喜柱一看不妙，撒腿就跑，童子巍被日本特务刺中倒地。

千里狼发疯似的奔来，三下五除二，把日本特务全杀了。千里狼把龚喜柱拉到童子巍面前，让龚喜柱给童子巍跪下，龚喜柱欲扑向童子巍，被千里狼一刀解决。

童子巍　千里狼，你该告诉我，我的父母是怎么死的了。

千里狼　是被山田杀害的。

【闪回】

山田把童子巍的父母推下山崖。

【闪回结束】

童子巍　想不到是我的老师杀害了我的父母。

童子巍牺牲了，死不瞑目。

千里狼万分悲痛。

80. 贵阳 / 秘密化验所 / 日 内

童子欣戴着产于白虎洞汞矿的朱砂吊坠来到一个由共产党控制的秘密化验所对吊坠进行化验，化验结果，汞矿的确伴生了极有价值的铀元素，是国家极为宝贵的矿产资源，等把日本鬼子赶出中国，我们的国家一定会有大用途。

多年的艰辛，多少人的牺牲，终于画上了一个难得的句号。

81. 大山 / 道路 / 日 外

渡边决定派特务去炸白虎洞汞矿，日本人得不到的，也不允许中国人得到。

十几个日本特务开着一辆装满炸药的车向白虎洞奔去。

82. 大山 / 白虎洞 / 日 外

保卫白虎洞汞矿的战斗打响了。

白虎山传来激烈的枪炮声，罗斯雯也是地下党员，童子欣与罗斯雯并肩作战，小铃铛、小疙瘩带着游击队员英勇战斗，杀声震天。

千里狼加入了战斗，击毙了渡边。

丁东林引爆了日本特务的炸药车，日本特务炸掉白虎洞的阴谋被粉碎。

丁东林光荣牺牲。

83. 市区 / 古玩店 / 日 内

童子欣把完整的地质资料交给了老楚，地质资料和矿脉图终于回到党组织手里。

千里狼陪着老楚带着宝贵的地质资料向革命根据地走去。

童子欣、罗斯雯向老楚、千里狼挥手告别。

童子欣看见太阳核子在裂变，喷薄出万丈光芒！

84. 大山 / 墓地 / 日 外

老楚、童子欣、罗斯雯、小铃铛、小疙瘩向英勇牺牲的革命先烈敬献花圈。

人民英雄永垂不朽！

全剧终

2023 年 6 月 6 日初稿于贵阳

2023 年 7 月 15 日终稿于贵阳

幸 儿

编剧：曾 羽

故事梗概

1944年11月，侵华日军从广西进攻贵州，三都水族人民奋起反抗，在九阡山寨与日本鬼子展开了殊死搏斗，塑造了幸儿、潘水柱、潘九阡等英勇机智、不畏生死、奋不顾身的水族抗日英雄的光辉形象。

幸儿出生在一个马背上的民族，从小就跟着大人学骑马、射击，在马背上行走，因此练就了一身好马术、好枪法。一天，幸儿和小姐妹阿茜骑着马朝骆驼峰走去，突然发现有人跟踪她们，便吹响了牛角号，幸儿的未婚夫潘水柱听到牛角号赶来，果不其然，两架日本鬼子的飞机呼啸而来，潘水柱知道这是敌人的侦察机。潘水柱也在这里受了伤，好在阿茜的父亲是医生，及时给潘水柱把弹片取出来，才让潘水柱活了下来。

在贵阳的一家茶楼里，贵州地下党负责人钟声对国民革命军第29军侦察连连长、地下党员孟兵说日本鬼子就要从荔波打进来了，接到党组织指示要他一定配合当地老百姓守好南大门，绝不能让日本鬼子入侵贵阳。

激烈的战斗打响了，国军没有挡住日军，日军冲过国军防线，进入荔波。日军中队长石村三郎中佐趾高气扬地骑着一匹白马，带着一队日军走在

幸 儿

大街上,他手里握着马鞭,见人就抽,老百姓躲避不及。站在远处的潘九阡看着这一幕紧攥双拳,牙齿咬得咯咯响,发誓要让石村三郎血债血还。日军奸细石村秀子易名山花潜入乡兵队伍,并和幸儿朝夕相处,不料山花异常的一举一动还是被聪明的幸儿发觉。

石村三郎指挥日军向三都县方向行进,沿途杀人,凶残至极。幸儿骑马路过,从石村三郎枪下救了一个孩子,因此激怒了石村三郎,他命令日军向幸儿开枪。

一天晚上,山花施计让幸儿发现自己晚上出走,把幸儿引到密道处用迷药弄晕,幸儿成为日军威胁潘水柱企图进攻石头寨内部的人质,石村三郎威胁潘水柱,只要他打开寨门,保证幸儿丝毫无损。幸儿告诉潘水柱快去守住密道,敌人已经进了密道,潘水柱气得咬牙切齿,冲向城墙一跃而下,从背上抽出大刀向石村三郎冲去,他的大刀砍向石村三郎。

另一股日军攻击密道得手,冲向寨门,寨门被打开,乡兵受到内外夹击,乡兵危在旦夕,潘九阡和潘水柱在战斗中英勇牺牲,石村三郎下令烧了石头寨。好在孟兵及时赶来,解了石头寨的围,他认为石头寨不能群龙无首,提议让幸儿当乡兵队队长带着大家干,下一步执行"请君入瓮"计划,为潘九阡和潘水柱报仇。山花也要参加乡兵队,幸儿一见山花,牙齿都咬紧了。

孟兵提议和山花搞一次化装侦察,假扮夫妻,把横山勇和石村三郎的情况搞清楚。石村三郎得到情报,国军侦察连连长孟兵要来他的防区狗场寨刺探军情,石村三郎命石村秀子把孟兵等人带到鸿宾楼。夜色中,山花把孟兵扶上床,山花在孟兵的裤腰带上找到了一张纸片,这时门被一脚踢开。

殊不知,另一边幸儿的乡兵队正在悄悄地攻破日军指挥部,日军指挥部的人死的死,伤的伤,溃不成军,幸儿一把火扔进日军指挥部。紧接着把敌人引诱到骆驼峰的悬洞,这是幸儿和孟兵的计划,石村三郎不知是计,紧紧跟着幸儿朝悬洞奔去。一张大网正等着石村三郎。一群鬼子刚一露头,被幸儿的机枪打成了筛子,突然一颗流弹打在幸儿的胸前,幸儿牺牲了。

有了阿茜的鼓励,潘大胆勇敢地抱起了炸药起爆器,潘大胆忍着疼痛按下了起爆器,"轰"的一声巨响,石村三郎和洞内的日兵全部被炸死,水族人民取得了石头寨战斗的胜利!阿茜接任幸儿当上了乡兵队队长,在孟兵的引荐下,共产党韬光养晦,命令阿茜、潘大胆率领的乡兵队加入了国民革命军第29军骑兵营,又投入到保卫独山的战斗中。

英勇的水族人民取得了贵州抗战的初步胜利,书写了黔南各族人民同心抗战的颂歌。

人物表

主要人物:

幸　儿	女,18岁,石头寨村民,村乡兵队队长,后加入共产党领导的九阡游击队;
潘水柱	男,20岁,石头寨村民,石头寨乡兵队队长,共产党员;
潘九阡	男,53岁,石头寨长老,正义无私,大义凛然;
潘大胆	男,20岁,石头寨地主潘霸道的儿子;
阿　茜	女,18岁,石头寨村民;
孟　兵	男,35岁,国民革命军第29军侦察连连长,地下党员;
张水韵	女,28岁,红春茶楼老板娘,地下党员;
钟　声	男,42岁,贵州地下党负责人,潘水柱的入党介绍人;
石村三郎	男,25岁,日军中佐;
山　花(石村秀子)	女,21岁,日本特务;
伊文斯	男,22岁,美军上尉飞行员。

剧 本

1. 大山 / 骆驼峰 / 日 外

蓝蓝的天空飘着白云,烈日高照,晴空万里,山风吹拂,沁人心脾,让人的心暖洋洋的。

这里是一片原野,看不到尽头,绿色的草在地皮上浮动,无限地伸展。

两个少年骑着两匹快马奔驰而来,这里的百姓爱骑马,骑马比赛是家常便饭。此时,潘水柱在前,潘大胆紧随其后,快马加鞭,看潘大胆的追劲,潘水柱心想,潘大胆真是不要命了。

一转弯,两匹快马不见踪影。

尘土飞扬,风景如画。

2. 石头寨 / 小屋 / 日 外

幸儿急匆匆地从屋里走了出来。幸儿长着大大的眼睛、漂亮的脸蛋,迈着轻盈的步伐,让人一看就是一个非常有灵气的姑娘。

幸儿的妈妈潘嫂正在给幸儿准备嫁衣。潘嫂从屋里追了出来,手里拿着一根鞭子。

潘嫂　幸儿,幸儿!要出嫁了吧,看你高兴得丢三落四的,来,拿着拿着,鞭子可以防身,当年,你妈妈我……

幸儿　一根鞭子救了你一条命!这个故事你讲了十几遍了,我的耳朵都听得起老茧了。

幸儿说归说，还是接过鞭子，感激地亲了亲妈妈的脸蛋。

潘嫂　幸儿，都要出嫁了，不要整天往外跑。

幸儿　妈妈，你放心！妈妈，你真好！

幸儿扬鞭催马，疾驰而去。

3. 大山 / 骆驼峰 / 日 外

潘大胆扭住潘水柱打赌，潘大胆让潘水柱先跑 20 步，只要潘大胆骑马超过潘水柱，潘水柱就要承诺帮潘大胆把阿茜追到手。

潘大胆　水柱，你到省城读了两年书，气质就是不一样啊！

潘水柱　读书明事理。

潘大胆　如果不是结婚，你还不回来吧，看来，还是幸儿对你的吸引力大。

潘水柱美滋滋地说。

潘水柱　我就喜欢幸儿，碍你什么事！驾！

潘水柱的马往前奔去。

潘大胆快马加鞭逐渐赶上了潘水柱。潘水柱想，就潘大胆那点本事，想超过我根本不可能，不过，潘大胆想超过我就让他超过，成人之美嘛！潘水柱骑着的快马刚冲到崖边，潘大胆也追到了崖边，潘水柱一拉缰绳，马站住了，潘大胆没有控制好马，虽然超过潘水柱但摔倒在地了。

潘水柱　大胆，摔伤没有？

潘大胆躺在地上没动。

潘大胆　水柱，你输了，说话算数。

潘水柱伸手拉潘大胆。

潘水柱　阿茜一定会是你的，你要自信，要感动她，我在暗中给你使劲，你大胆去追！

潘大胆 一言为定，明天我送给你一根上好的马鞭。

4. 石头寨 / 住宅 / 日 内

阿茜家酿酒，远近闻名。阿茜指挥下人抬着一桶九阡酒从屋里出来，准备装上马车拉到县城去卖，这时，她看见英姿飒爽的幸儿骑着马从她家门口路过。阿茜大声喊。

阿茜 幸儿，去哪？

幸儿 我要去山上割马草。

阿茜 去哪里割？

幸儿 骆驼峰！

阿茜 等等，我要去。

阿茜（朝着屋里大喊） 妈，我和幸儿去骆驼峰了！

5. 山间 / 道路 / 日 外

幸儿、阿茜骑着马朝骆驼峰走去，幸儿和潘水柱约好明天去赶乡场卖马草，卖的钱给幸儿的爸爸买药治病。走着走着，幸儿发现有人跟踪她们，越发紧张起来。

阿茜也发现有人跟踪她们了。

阿茜 幸儿别怕，我有刀。

幸儿 我有马鞭。

阿茜手里握着一把小刀，幸儿也握紧了马鞭。

这时，幸儿听见牛角号的声音，这是紧急求救声，她知道，是潘水柱吹的，幸儿也拿出牛角号吹了起来，寨子里也传来牛角号声，这叫"牛角传声报警"。

幸儿明白，救人的信息已经传到寨子里了。

幸儿估计有人出事了，加快速度朝潘水柱吹号的方向走去。

阿茜和村里出来的人也紧跟着幸儿。

6. 骆驼峰 / 天空 / 日 外

两架日本鬼子的飞机呼啸而来。

潘水柱知道，这是敌人的侦察机，敌人对石头寨感兴趣了？

7. 大山 / 骆驼峰 / 日 外

潘水柱下马朝潘大胆走去，突然，天空中落下一发炮弹，在潘水柱身边爆炸，气浪把潘水柱推向潘大胆，潘水柱扑倒在潘大胆身上，潘水柱背部负伤。

这一幕，被幸儿远远地看到了，幸儿大声呼喊。

幸儿　水柱哥！

潘大胆　水柱，我对不起你……

躺在地上的潘水柱看见幸儿，眼睛中露出歉意。

潘水柱　幸儿，是幸儿来了。

【推出片名】幸儿

8. 贵阳 / 小茶楼 / 日 内

几个国民党兵正在喝茶，国军第29军侦察连连长孟兵左顾右盼，他好像在等什么人。

老板娘张水韵来上茶。

张水韵 老总,请喝茶!老总,你们这是要到哪里去啊?听说南面(广西)打得很厉害。

孟兵用眼瞅瞅这个关心"国家大事"的茶水店女老板,不俗,是他对她的第一印象,有了这个判断,孟兵愿意和她交谈了。

孟兵 我们接到命令,就是要去南边。

张水韵 去三都城吗?我有一个亲戚在那里,你能否帮我带一句话?

孟兵 什么话?

张水韵 你告诉我姨妈,就说,九阡酒酿好了就赶紧送来,客人等着喝。

孟兵 老板娘,你这里还有九阡酒?九阡酒名气很大啊,能否给我来一壶?你的话我一定带到。

张水韵 老总,想喝酒就里面请,酒都在里面,你自己挑。

9. 石头寨/茅草屋/日 内

潘水柱躺在木板床上,幸儿和阿茜的脸上都露出焦急的神色,幸儿不时往门外看。

幸儿 这个死鬼潘大胆,让他去接医生,怎么还不来啊!急死人了。

阿茜 是啊,去了这么长的时间,这会都不来,不如去叫我爸爸给水柱哥看看。

幸儿 你爸爸会医?那你赶紧去,这里有我照顾。

幸儿看见阿茜的爸爸远远地朝小茅草屋走来。

幸儿 说曹操,曹操到,你爸爸来了。

10. 贵阳 / 小茶楼 / 日 内

红春茶楼，孟兵进了里屋，一个中年人迎了上来，老板娘张水韵赶忙介绍。

张水韵　这是白马（孟兵的代号）同志，这是贵州地下党负责人钟声同志。

钟声　白马同志，日本鬼子就要从荔波打进来了，党组织指示我们一定要配合当地老百姓守好南大门，绝不能让日本鬼子入侵贵阳！

孟兵　执行命令，白马明天就去南面侦察！

钟声和孟兵（白马）的手紧紧握在一起。

钟声　拜托了。

11. 荔波 / 街道 / 日 外

激烈的战斗打响，由于之前国民党统治当局张皇失措，畏葸无能，应对失度，日军未到就组织纵火焚烧民房、军械库、被服厂、粮仓及各种军用物资，实行"焦土抗战"，造成重大人员财产损失和社会混乱，导致日军轻松冲过国军防线，进入荔波。

日军中队长石村三郎中佐趾高气扬地骑着一匹白马，带着一队日军走在大街上，石村三郎手里握着马鞭，见人就抽，老百姓躲避不及。

潘九阡远远地站在一个屋脊下，他紧攥双拳，牙齿咬得咯咯响。

潘九阡　小日本，看你还能横行几天。

这时，一个老妇人躲避不开，被石村三郎抽了一鞭，鲜血从手臂上流了出来，摔倒了。潘九阡赶紧护住老妇人，鞭子重重地抽在潘九阡背上，血顿时从衣服里浸了出来。

潘九阡强忍着,他把石村三郎记在心里,盯着石村三郎的双眼都要冒出火来。

潘九阡　小鬼子,石村三郎,血债血偿!

路过的孟兵扶起潘九阡。

12. 石头寨 / 茅草屋 / 日 内

阿茜的爸爸是一个土医生,这里行医的老百姓都是代代相传,都是土医治病。

阿茜的爸爸见水柱身上还有弹片,只能用刀取弹片。

阿茜爸爸　小伙子,一定要忍住。

潘水柱咬着一块青布,拉着幸儿的手,硬是挺过来了。

13. 山间 / 道路 / 日 外

难民们往北走,孟兵弄了一驾马车,潘九阡躺在马车上,很快就要到三都城了,这时孟兵看见一个姑娘被一个骑马的男人欺负,便凑了上去。

男子　看什么看?这个小女子是一个小偷,敢偷我的钱包,真是胆大。

他提起马鞭就要打。

孟兵怎么看他都像是一个日本鬼子。

孟兵出手抓住男子的手。

孟兵　姑娘,你叫什么名字?

姑娘　我叫山花(石村秀子)。

孟兵对男子说。

孟兵　不准欺负良家妇女!

男子　你怎么知道她是良家妇女?她偷我的钱包。

孟兵　证据呢?钱包呢?没有证据你就滚。

男子的确没有什么证据,就是一个无赖欺负人,他被孟兵的气势吓得落荒而逃,骑马跑了。

孟兵和潘九阡把山花带到石头寨。

14. 石头寨 / 茅草屋 / 日 外

炮弹的爆炸声传到了寨子里,潘水柱躺不住了,突然坐了起来,惊醒了身边的幸儿。

潘水柱　幸儿,哪里打炮?

幸儿　你昏迷了几天,什么都不知道,听说日本鬼子就要打到我们三都了。

潘水柱　不行,我要去打鬼子。

幸儿　你是回来结婚的,打什么鬼子?

潘水柱　是啊,我是回来结婚的,但是……

【闪回】

钟声在和潘水柱谈话。

钟声　你要利用好这次回家结婚的机会,把乡亲们发动起来,组织起来,同日本鬼子作斗争,绝不能让日本鬼子企图从广西打到贵阳的阴谋得逞。

潘水柱　我服从组织安排。

钟声　不要辜负组织的重托。

潘水柱坚毅地点点头。

【闪回结束】

这时孟兵拉着潘九阡进来了,身边还带着一个女孩——山花。

潘九阡有气无力地说。

  潘九阡 水柱,鬼子一定要打,但是,当务之急,你要把伤治好。

15. 石头寨 / 坝子 / 日 外

炮弹的爆炸声不断。

潘九阡和孟兵要成立乡兵队,正在组织老百姓报名,排队的人很多,潘水柱也在里面。

潘水柱看见潘大胆走来。

  潘水柱 大胆,你也来报名?

  潘大胆 我路过,看看热闹。

  潘水柱 还"大胆"呢,真没出息,连报名的勇气都没有。

  潘大胆 我报名,行不行!

这时,潘霸道来了,拉着潘大胆就往回走。这时,阿茜也来了。

  阿茜 潘大胆,你回来!

潘大胆看看潘霸道。

阿茜走过去,揪住潘大胆的耳朵往报名处走,潘霸道看着阿茜傻眼了。

16. 石头寨 / 茅草屋 / 日 内

清晨,孟兵端来一盆水,脱了上衣,一盆水从头淋到脚,被从屋里出来的山花看见了。

  山花 孟大哥,我看你这么健壮,一定是一个当兵的。

孟兵听了山花的话，惊了一跳，山花有这见识？她是什么人？心中有疑问，孟兵表面上得稳住。

孟兵　我家世代铁匠，这一身肌肉，都是抡大锤练的。

幸儿　山花姐好眼力，能看出孟大哥是当兵的，说不定孟大哥打仗比抡大锤更在行。对了，我要去山里割马草，你去吗？

山花　去！我们一起去。

两人咯咯一笑，银铃般的笑声响起。

17.石头寨／坝子／日 外

潘九阡见报名的人差不多都来了，时候也不早了，刚要收摊，潘水柱拿起名单看了看，村里的壮小伙都参加了，下一步就是要搞好乡兵的训练。

潘九阡　水柱，你去过城里，见识多，办法多，这个乡兵队队长你来当。

潘水柱耳边响起钟声的声音，"把乡亲们发动起来，组织起来"，就没有推脱了。

潘水柱　九阡叔，我听你的。九阡叔，我想搞一次"突击训练"。

潘九阡用不解的眼光看着潘水柱。

潘水柱　就是在今天晚上搞一次紧急集合。

潘九阡　村里长长短短各式枪支有三四十支，先把大伙武装起来，下午就练射击，晚上再搞你的"突击训练"。

潘水柱　好！

潘九阡（自言自语）　我们还有牛尾炮，应该派上用场了！

潘水柱　牛尾炮，太好了！

18. 山间 / 草场 / 日 外

　　幸儿跃马扬鞭，英姿飒爽，山花看得目瞪口呆，赶紧跨上一匹快马，向幸儿追去。

　　幸儿家乡的人被称为"马背上的民族"，孩子们养马、喂马、割马草、骑马、射击，在马背上行走，从小就跟着大人学，幸儿也练就了一身好马术、好刀法、好枪法。幸儿时而趴在马肚下，时而站在马背上，潇洒自如。

　　幸儿感到奇怪，这个逃难的女孩，还会骑马？

　　幸儿一勒缰绳，马立了起来，这时，山花也骑马追了上来。

　　幸儿做了一个挥刀的动作。

　　幸 儿　山花，如果日本鬼子敢来我们三都，我就让他们成为我的刀下鬼。

　　山 花　是，是，是。

　　山花的表情不太自然。

19. 山间 / 道路 / 日 外

　　"鬼子来了！"乡亲们喊叫着。

　　大约一个中队百来人的日军在石村三郎的指挥下快速向三都县方向行进。

　　日军沿途杀人，凶残至极。

　　幸儿骑马路过，见一个小孩站在路的中间，眼神慌乱，石村三郎命令一个士兵举枪瞄准小孩，这时，幸儿的马窜了出来，幸儿一把把孩子救上了马，日军开枪了，但没有击中孩子。

幸儿枪下救人，激怒了石村三郎，他命令日军向幸儿开枪。

　　密集的枪声变成了欢送幸儿的鞭炮。

　　这一幕，山花看得十分惊讶。

20. 石头寨 / 山洞 / 日 内

　　孟兵、潘水柱、潘九阡带着一队人来到村头的一个山洞，里面有十几门牛尾炮，潘水柱一看到牛尾炮就兴奋。

　　潘水柱　九阡叔，你的这些宝贝就要派上用场了。

　　潘九阡　我的家当全给你了。

　　众人搬出牛尾炮。

　　孟兵　这些宝贝可以装备一个炮营了。

　　潘九阡　谁敢侵犯我们石头寨，就让这些炮炸烂他的狗头。

21. 石头寨 / 小路 / 夜 外

　　幸儿骑着马一路奔跑，大声呼喊。

　　幸儿　鬼子来了！

　　幸儿奔跑进寨门。

　　幸儿　鬼子来了！鬼子来了！

22. 石头寨 / 寨门 / 夜 外

　　寨门被关上了，城头的乡兵拭目以待、严阵以待。

　　潘九阡、潘水柱、幸儿、潘大胆等出现在城墙上。

一发炮弹炸在城墙下。

日军发起进攻了，日兵在炮火的掩护下，向城门冲来。潘九阡让大家沉住气，他走到炮手身边。

潘九阡　潘大胆，瞄准，点火！

潘大胆手发抖，半天点不燃，大伙都着急了，潘水柱翻了一个筋斗，来到潘大胆面前，抓住火引子点炮。

牛尾炮很争气，发出了怒吼！

阿茜看着不中用的潘大胆，气得直跺脚。

23.石头寨 / 寨门 / 夜 外

日军被突如其来的一阵炮火炸蒙了，等清醒过来，已经有了许多伤兵。石村三郎组织反攻。

石村三郎　射击！

密集的枪弹打向城墙，城墙岿然不动。石村三郎气急败坏，调来迫击炮，炮火也撼动不了城墙，反而是城墙上的乡兵的枪弹对日军产生了很大的威胁。

牛尾炮再次发出怒吼！

面对越战越勇的军民，日军毫无办法，天色已晚，石村三郎担心夜战吃亏，抬着几具尸体，下令撤退。

城墙上的人们欢呼。

幸儿跳跃着，浮现红红的脸蛋。

24. 石头寨 / 茅草屋 / 夜 内

幸儿太兴奋了，久久不能入睡，躺在木板床上还想着刚才的战斗。这时，她发现有人出了门，向寨门方向走去，幸儿猛地把眼睛睁开，确认不是做梦，便翻身下床，见山花的床是空的，便穿上外衣，朝门外走去。

幸儿看见前面有人，像是山花。

幸儿跟了上去。

25. 石头寨 / 寨门 / 夜 外

潘九阡坐在寨门下，抽着旱烟，看上去心事重重。潘九阡看见幸儿远远走来，便站起来，跟幸儿打招呼。

潘九阡　幸儿！

幸儿　九阡叔，你还没有睡啊？

潘九阡　我睡不着啊！

幸儿　日本鬼子都让我们打跑了，没事了，你应该早点回去休息，走，我送你回去。

潘九阡　幸儿，日本鬼子不会认输的。

这时，潘水柱来到幸儿身后，孟兵也来了。

潘水柱　幸儿，九阡叔说得对，日本鬼子还会来，还有仗打，我们一定要做好充分的准备。

孟兵　水柱，我要回贵阳复命了，这里就交给你了，一定要提高警惕，做好应对敌人反扑的准备。

潘水柱　孟连长，你放心去吧。

潘九阡　水柱、幸儿，你们回去休息吧，我在这里坐一会儿，敌人今晚一定会有动作。

潘水柱　对了，我还要去喂马，幸儿，我们一起去。

26. 山间 / 小路 / 夜 外

有两个人影在小路上奔跑，速度很快，内行人一看就是有武功的人，他们不说话，只是比手势。

一个看了一下地图，手指前方，两人快速而去。

两人很快就要接近寨门口了。

27. 寨门 / 小道 / 夜 外

距寨门不远，有一个密道，潘九阡看四下无人，便一挥手，几个人抬着几箱战利品，悄悄地走进密道。

远处，有一双眼睛盯住了密道。

潘九阡仍然在寨门外放哨。

但潘九阡没有发现那双眼睛。

28. 寨子 / 马圈 / 夜 外

潘水柱和幸儿来到马圈，潘水柱的马叫"小黑"。潘水柱喂给小黑一把草，说道。

潘水柱　小黑，我对你这么好，关键时刻你一定要争气啊！

幸儿　小黑，你一定要帮水柱哥打胜仗。

警惕性很高的幸儿看见一个人从远处走来，朝密道方向走去，这人特别像山花，幸儿想，深更半夜的，山花去密道干吗？

这是幸儿第二次感受到山花的诡秘。

幸儿要弄明白是怎么回事。

幸儿 水柱哥，我去寨门看看，如果我迟迟不回来，估计我就是出事了，你就去找我。

潘水柱 你不要吓我，我还等着你做我的新娘子呢！

幸儿 日本鬼子就在前面，什么事情都会发生，我们多一点准备没有错。

潘水柱点点头。

29. 石头寨 / 民居 / 夜 内

阿茜的骂声传来。

阿茜 潘大胆，你就是不争气，关键时刻拉稀摆带，你这样的人，我就是瞧不起。你看看人家水柱哥，多么英勇，你什么时候才能有一点男子汉样子！

潘大胆 炮一响，我就被吓坏了，我怕被炸死，我怕见不到你，我怕你跟着别人走了，所以，我就晕了头了。

阿茜 潘大胆，你能不能有一个人样！死了也是英雄！

潘大胆不住地点头。

30. 山间 / 日军营房 / 夜 内

石村三郎规规矩矩地站在日军大佐面前，石村三郎不停地用手掌抽自己的脸。

大佐 够了，我大日本皇军攻无不克，你带着一个中队，连一个小小的山寨都拿不下，真是丢人。

石村三郎 他们有炮，还有……

大佐 够了，你没有见过炮吗？你的炮是干什么用的？你还有什么借口？

石村三郎 我对不起司令官，是我无能，我将功补过。

大佐 我命令你，三天内必须攻破石头寨，扫平北进通道。

石村三郎 嗨！

31. 石头寨 / 寨门 / 夜 外

密道其实是一个山洞，从寨里通向寨外，平时，潘九阡都安排人把守。

幸儿明明看见走到密道附近的是山花，怎么突然不见了？幸儿正在纳闷，身后有人说话。

山花 幸儿妹妹，你一个人站在这里不冷吗？走，我们到树下去说说话，那里能避风。

幸儿转过身来，很惊讶地看着山花，将信将疑地跟着山花朝树下走去。

幸儿 山花，你到底是什么人，你来我们石头寨想干什么？你要和我说什么？

山花 幸儿妹妹，别误会，刚才我睡得好好的，好像听见有人出了门，我担心有日本人混进来，就跟了出来。跟了半天才发现，原来是幸儿妹妹在这里，幸儿妹妹也是在找日本人吧？

山花说完，自嘲地笑了。

幸儿被她搞蒙了，明明是山花先出门我跟着她，怎么成了她跟着我，她这么说不是颠倒黑白吗？这时，幸儿察觉到，有两个人影出了密道朝山间小路上跑了。

　　幸儿　谁？谁从密道跑出去了？

　　山花哈哈大笑。

　　山花　幸儿，哪有人，那是一头野猪，看把妹妹你吓成这样。

　　幸儿疑惑地看着山花。

32. 石头寨 / 寨门 / 日 外

　　马蹄声声，炮声隆隆，日军向石头寨发起了第二次进攻，石村三郎一挥军刀，迫击炮向城头狂轰滥炸。

　　石村三郎　给我冲！

　　日军向城墙冲去。

　　城墙上，潘九阡用牛尾炮还击。

33. 石头寨 / 茅草屋 / 日 内

　　炮声一响，山花就猛地一下坐了起来。

　　山花　幸儿，日本鬼子又来进攻了，快起来，我们去看看乡兵打得赢不。

　　幸儿　九阡叔说了，我的任务是转移老百姓，守寨门我不能去了。

　　山花　我怎么没有任务？我替你去守寨门。

　　山花还没有说完，人就跑出了门。

　　地上有一支铅笔。

　　幸儿拾起了铅笔。

幸儿心想，大字不识一个的山花，揣着一支铅笔干吗？山花的疑点越来越多。

幸儿去追山花，她想知道个究竟。

34. 石头寨 / 城墙 / 日 外

城墙上，在潘九阡的指挥下，潘水柱等准确无误地把炮弹、子弹射向敌人。

潘大胆在阿茜的威逼下，来到了城头，在密集的枪弹面前，他简直抬不起头，一旁的阿茜大声训斥。

阿茜 潘大胆，你手里的枪是烧火棍吗？你打呀！

潘大胆看了阿茜一眼，鼓起勇气向城墙下放枪，也不知子弹打到哪里去了。

阿茜 窝囊废！

35. 石头寨 / 小路 / 日 外

路边，山花意识到幸儿盯上自己了，便躲进一间民房，当幸儿走到民房前时，山花一挥手，从房角出来两个人，把幸儿鼻子蒙住，幸儿立刻晕倒了。

这两个人背着幸儿急匆匆向密道走去。

山花阴笑的脸。

36. 石头寨 / 城墙 / 日 外

城墙上，一颗子弹打在阿茜的腿上，潘大胆不顾一切地扑在阿茜身上，用身体保护阿茜。

眼看敌人就要突破城墙，潘大胆、阿茜等乡兵危在旦夕，潘水柱带着一队人扑了上来，敌人又被打退了。

阿茜看见潘水柱就像看见了救星。

阿茜　水柱，谢谢你，如果你不及时赶来，我们就见不到明天的太阳了。

这时，阿茜才发现，潘大胆也受伤了，是潘大胆救自己的时候受的伤。阿茜想，关键时刻潘大胆还是能拼命的，阿茜被潘大胆刚才的举动感动了，阿茜流泪了。

阿茜　大胆，你怎么样了？

潘水柱拉着潘大胆的手说。

潘水柱　大胆，你是好样的，你能当英雄。

潘大胆点点头，晕过去了。

这时，有乡兵紧张地呼喊起来："你们看，鬼子抓住幸儿了。"潘水柱往城墙下一看，幸儿被敌人绑着，向着寨门走来。

幸儿是怎么被敌人绑出寨的？潘水柱大脑里一片疑云。

37. 贵阳 / 小茶楼 / 日 内

地下党负责人钟声来到小茶楼，对张水韵说。

钟声　在荔波、三都、独山一带，日军有大举进攻的态势，三都石头寨已经打响了与日本鬼子的战斗。贵州南部的战况如何，直接影响到贵阳，影响到重庆，所以对三都一带敌人的进犯情况一定要准确掌握，你可以以茶商的身份去一趟三都。

张水韵　领导，我明白。一会儿我就出发。

钟声　正好孟兵也要去，你们结伴而行。到了石头寨，你去找一个小伙子，他的名字叫潘水柱，他是我发展的一名党员，这是信物和接头暗号。

钟声把一张纸和一颗猫眼石做的坠子递给了张水韵，张水韵把坠子挂在脖子上，张水韵看了一眼字条，慎重地说。

张水韵　记住了。

38. 山间 / 小路 / 日 外

张水韵扮成一个大富人家的太太坐在马车上，去老家探亲，孟兵带着一个排的战士护送，朝着石头寨急行而来。

39. 石头寨 / 寨门前 / 日 外

幸儿被绑到了阵前，她好不容易醒来，她是被药物麻醉了。

石村三郎叫翻译官喊话。

翻译官　石头寨的乡亲们，在大日本皇军面前，抵抗是没有意义的，大日本皇军能够抓住幸儿，也能够攻破寨门，你们放下武器，放弃抵抗，让出大日本皇军北进的道路，才是你们真正的出路。

"砰"的一声，翻译官的帽子被打翻。

40. 石头寨 / 城墙 / 日 外

城墙上,潘九阡的步枪冒着烟。

潘水柱气得咬牙切齿。

潘水柱　卑鄙无耻的小日本,只会玩下三烂,你敢放了幸儿吗?你敢和你潘爷爷单打独斗吗?放马过来,爷爷取了你的狗头。

石村三郎　潘水柱,不要逞匹夫之勇。只要你打开寨门,我保证幸儿丝毫无损。

潘水柱　你别白日做梦,打开寨门不可能,只要你敢进来,我就把你劈成两半。

石村三郎气得嗷嗷叫。

这时潘水柱仿佛听到了战马的呼叫声,战斗的激越在心中升腾。

41. 石头寨 / 寨门前 / 日 外

幸儿终于醒来了,看到眼前的场景,幸儿什么都明白了,幸儿高喊。

幸儿　水柱哥,快去守住密道,敌人已经进了密道……

幸儿话音未落,被日兵打晕了。

42. 石头寨 / 寨门 / 日 外

城墙上,潘水柱看见幸儿再一次被打晕,怒火攻心,他一把抓住胸前的牛角号,吹了起来,远处传来马蹄声,是小黑来了。

这时,阿茜和潘大胆急匆匆地冲到城墙上。

阿茜　日本鬼子打进寨子了。

潘大胆　日本鬼子是从密道打进来的。

潘九阡　日本鬼子是怎么知道密道的？

阿茜　不知道。

潘水柱想起幸儿的话，好像明白了什么。

潘水柱　一定有内奸。

潘九阡　跟我来堵住密道。

潘九阡一挥手，潘水柱随手提起一挺轻机枪，朝密道方向跑去，潘大胆、阿茜等人紧随其后。

43. 山间 / 道路 / 日 外

孟兵来到寨门前，刚要组织进攻，看见被绑在阵前的幸儿，只好隐蔽观察。

孟兵　听我的命令，做好战斗准备，不要伤了老百姓。

士兵们　是！

士兵们严阵以待。

44. 石头寨 / 密道口 / 日 外

潘水柱端起机关枪对着密道射击，日军的进攻被迫滞缓，这时，一个日兵一枪打中潘水柱的腹部，潘水柱倒下。敌人猛烈攻击，乡兵退到了城墙上，潘九阡指挥乡兵奋力抵抗。

潘水柱被潘大胆背到城墙上。

鲜血流淌在地上。

45. 石头寨 / 寨门前 / 日 外

幸儿再一次醒来，幸儿大喊。

幸儿　水柱，一定要堵住密道，守住寨子。

这时，石村三郎举起鞭子朝幸儿打去，幸儿躲到哪里，石村三郎骑着马就追到哪里，打到哪里，幸儿不停地躲避。

鲜血从幸儿身上渗透了出来。

幸儿撕心裂肺的声音。

幸儿　水柱，救我！

46. 石头寨 / 城墙上 / 日 外

身负重伤的潘水柱看见了石村三郎的暴行，潘水柱再次吹响牛角号，潘水柱的快马小黑飞奔到了城墙下。

潘水柱奇迹般地站了起来，冲向城墙，一跃而下，准确地骑在快马小黑背上，潘水柱从背后抽出大刀，向石村三郎冲去。

潘水柱的这一跃来得太突然，惊恐万状的石村三郎慌忙应战。

潘水柱的大刀砍向石村三郎。

47. 石头寨附近 / 小路 / 日 外

石头寨的枪声惊动了赶来的孟兵和张水韵。

孟兵　侦察兵，怎么回事？

侦察兵跑步来到孟兵面前。

侦察兵 据侦察，是日本鬼子在攻打石头寨，这是第二次。

孟兵 有多少日本鬼子？

侦察兵 100多人。

孟兵 100多人！还是敌强我弱，保护老百姓要紧，隐蔽前进，准备战斗！

张水韵 孟连长，给我一支枪，我打过仗，多一个人，多一份力量，你放心，我会保护好自己。

孟兵给了张水韵一支驳壳枪，见张水韵熟练地上膛，孟兵这才放下心来。

孟兵 出发！

48. 石头寨 / 寨门前 / 日 外

潘水柱和石村三郎在马上战了起来，由于潘水柱有枪伤，慢慢地处于劣势，好在潘水柱马上功夫了得，刀法又好，石村三郎也没有占到什么便宜，倒是幸儿着急了。

幸儿 水柱哥，打他的下盘。

潘水柱也发现石村三郎的软肋是下部，挥刀向石村三郎的下部砍去。

49. 山坡 / 树林 / 日 外

山上长满大树，树下是草丛，草丛中露出一支枪管，瞄准镜盯着潘水柱，由于潘水柱骑着马，运动太快，狙击手一直没有找到开枪的机会。

枪口对着潘水柱在不停地移动。

50. 石头寨 / 寨内 / 日 外

另一股日军攻击密道得手，冲向寨门，寨门被打开，乡兵受到内外夹击，乡兵危在旦夕，潘九阡被一颗子弹打中，英勇牺牲。

潘大胆和阿茜扑到潘九阡身上，大喊。

潘大胆、阿茜 九阡叔！

乡兵群龙无首，乱作一团，潘大胆赶紧拾起地上的机枪，向敌人扫射，才稳住阵脚。

这时张水韵、孟兵冲进了寨子。

孟兵 水韵，你带人进寨帮助老百姓转移，我去寨门口帮帮那个潘水柱。

张水韵 是。

张水韵带人杀进寨子去转移老百姓。

51. 石头寨 / 寨门前 / 日 外

潘水柱一刀砍在石村三郎的马腿上，马突然腾起来，把石村三郎掀下马，潘水柱正要砍石村三郎，一颗罪恶的子弹从树林里射进水柱的胸膛。

潘水柱倒在马上。

孟兵杀了过来。

孟兵拿起一把刺刀，砍断绑着幸儿的绳索，松绑的幸儿扑倒在潘水柱身上，泣不成声。

鲜血从潘水柱胸前流了出来。

孟兵指挥士兵把潘水柱转移到山里。

52. 石头寨 / 广场 / 日 外

由于激战中潘九阡牺牲，这一下，乡亲们缺少了依靠，乱作一团，张水韵急忙指挥士兵们掩护老百姓，且战且退，把老百姓转移到山里。

从马上摔下来的石村三郎一拐一拐地闯进了石头寨，他见老百姓都跑光了，恶狠狠地下令。

石村三郎 烧了石头寨！

日军举起火把，扔向房屋，烧寨子。

石头寨变成了一片火海。

53. 天空 / 九阡一带 / 日 外

一架飞机从九阡上空飞过，是中美航空联合大队的伊文斯上尉在执行空中侦察任务。

伊文斯报告。

伊文斯 我看到日军已经占领石头寨，有向三都、独山一带进犯的意图，报告完毕。

美丽的石头寨的遭遇，激起伊文斯的愤怒。

伊文斯 该死的小日本！

54. 山间 / 山洞 / 日 内

孟兵着急地叫来军医，让军医给潘水柱治疗，军医忙着止血，然后说准备动手术，军医要取出那颗罪恶的子弹。

昏迷中的潘水柱看见了张水韵脖子上的猫眼石坠子，眼睛一亮，知道是钟声同志派人来联系他了。

【闪回】

在省城读书的潘水柱手里拿着一颗猫眼石，被老师钟声看到了，钟声好奇地问潘水柱。

钟声　这猫眼石很珍贵吧？

潘水柱　猫眼石是我们家乡独特的一种宝石，我爹说，如果有一天我没有饭吃，就把猫眼石当了，换口饭吃。

钟声　水柱，我们穷人要有饭吃，就得跟着共产党闹革命，单靠卖猫眼石可不行。

潘水柱　跟着共产党闹革命？

钟声　对！

【闪回结束】

手术还在进行。

张水韵见潘水柱睁开了眼睛，便小声说道。

张水韵　日寇不除（暗号）。

潘水柱生命垂危，极其艰难地说道。

潘水柱　死不罢休（暗号）。

张水韵紧紧拉住潘水柱的手，潘水柱已经很激动了，眼泪流淌下来。

潘水柱　幸儿，幸儿……

幸儿　水柱哥，我在这里。

幸儿走到潘水柱面前，眼泪哗哗地淌出来。

潘水柱　幸儿，幸儿，幸儿，好好跟着水韵姐，跟着共产党打鬼子！

说完，潘水柱的心脏停止了跳动，潘水柱大大的眼睛睁着，张水韵帮他闭上眼睛。

幸儿大哭。

　　幸儿　水柱哥！

军医把那颗罪恶的子弹交给了幸儿。

55. 山间 / 墓地 / 日 外

　　孟兵、张水韵、幸儿、潘大胆、阿茜等人来到墓地，送别潘九阡和潘水柱，幸儿手里紧紧握着那颗罪恶的子弹，誓死要为潘九阡和潘水柱报仇。

　　幸儿　水柱哥，幸儿一定为你报仇！

　　这时，山花不知从什么地方跑出来了，大哭着扑向潘水柱的墓前，回头一见孟兵，便开始闹腾。

　　山花　孟兵，你是我的恩人啊！是你救了我，否则我就被鬼子糟蹋了。潘水柱收留了我，让我有饭吃，是谁杀了潘水柱？幸儿，你告诉我，是谁杀了潘水柱，我一定要为水柱哥报仇。

　　幸儿盯着山花的眼睛都要冒火了，正要举刀砍向山花，孟兵抓住了她的手。

　　幸儿冷冷地看着孟兵。

56. 山间 / 坝子 / 日 外

　　孟兵在陪幸儿练剑，张水韵也来助威，在幸儿大脑里挥之不去的是那个所谓的山花和草丛中的狙击步枪。

　　【闪回】

　　草丛中的狙击步枪，"砰"的一声，子弹打中潘水柱。

　　潘水柱从马上掉了下来。

【闪回结束】

幸儿猛刺一剑，嘴上说。

幸儿　水柱哥，相信我，我一定要找到草丛中开枪的那个人，为你报仇！

孟兵　还要为潘九阡、为遇难的石头寨的乡亲们报仇！

幸儿　那你为什么不让我杀了那个女鬼子？我断定就是她杀的水柱哥。

张水韵　幸儿，留着她，我们要将计就计，将计就计就是为了更好地报仇。

幸儿瞪大眼睛看着张水韵。

57. 山间 / 日军驻地 / 日 内

1944年12月底，横山勇指挥日军气势汹汹地朝着荔波、三都、独山方向展开全面进攻。日军叫嚣，"一个月打进贵阳，三个月拿下重庆"。

横山勇召开作战会议。

横山勇　突破三都、占领独山，才能打通进军贵阳的通道。石村大佐，目前石村三郎推进如何了？

石村大佐　石村三郎在石头寨遇到一些麻烦，山区作战，我们不具备优势，所以……

横山勇　不要为石村三郎找借口，他拿不下三都，我就拿下他的头。

石村大佐　嗨！

58. 山间 / 树林 / 日 外

在石头寨附近的一个小树林里，石村三郎秘密见到山花（石村秀子），山花紧张得浑身发抖,牙齿也在打战。

石村秀子 哥哥,我怕,我已经暴露了,我回来吧!她们随时都会杀了我,特别是幸儿,她看我的眼光充满着杀气,总有一天我会死在她面前的。

石村三郎 妹妹,你要振作起来,这是你死我活的斗争,你不能懈怠,不要自乱方寸,你要勇敢地去战斗,只有消灭了幸儿,你才有真正的安全。

石村秀子不停地点头,听了石村三郎的话,石村秀子平静了许多。

石村秀子 哥哥,你要我做什么?

石村三郎 接近孟兵,搞定孟兵,摸清国民党军第29军在三都、独山一带的布防,孟兵有一个秘密身份,就是第29军的布防先遣官。以便横山勇将军指挥日军大举进攻黔南独山地区。

石村秀子 孟兵怎么会信任我?

石村三郎 必要时要发挥你的身体的力量。

石村秀子 哥哥,我可是你妹妹。

石村三郎 别说了,我们要的是战场的胜利,牺牲个人,在所不惜。

石村秀子 哥哥,你……

石村三郎递给石村秀子一个日记本。

59. 山间 / 山洞 / 日 内

山洞里,幸儿拿着从地上捡到的铅笔发呆。山花进洞,看见幸儿手上的铅笔,心里盘算着。

幸儿一见山花,大怒。

幸儿 来人,给我把这个狗特务拿下。

进来两个乡兵,把山花绑了。

幸儿 你这个狗特务,你害死了潘九阡大叔,害死了我的未婚夫潘水柱，害得我们石头寨的乡亲们背井离乡，你该死！把她杀了。

孟兵进来。

孟兵　幸儿，你冤枉山花了，我们已经抓到了一个特务，是他把密道告诉石村三郎的，所以，山花不是特务。

幸儿　孟连长，你说的是真的？好，山花，你解释一下，这铅笔是怎么回事？

山花　这铅笔是我在逃难的时候捡的，一个读书人正在用这支铅笔写日记，突然一颗炸弹在她的面前爆炸，她死了，留下了这支笔和一个笔记本。

幸儿　笔记本呢？

山花战战兢兢地把笔记本从怀里掏出来，递给幸儿。

幸儿盯住了山花的手，是持枪打仗人的手，这只手将来一定是幸儿的对手。

60. 山间 / 山洞 / 日 内

山洞里，孟兵、张水韵和幸儿等在开会，讨论怎么一举歼灭石村三郎，打乱敌人北进的计划。

幸儿　孟连长，你要我演戏，我没有演砸吧？

孟兵　幸儿，你非常棒。

张水韵　我在外面看你"表演"，那气势，就像是要一刀劈了石村秀子，真过瘾。

众人大笑。

张水韵　我们说正事吧！怎么吃掉石村三郎？

孟兵　还有一个正事，就是石头寨不能群龙无首，我提议幸儿当乡兵队队长，乡兵队归我党领导的九阡游击队建制，幸儿带着大家干，怎么样？

大伙一致同意，鼓掌。

孟兵　我有一个计划，让日本鬼子不请自来。

张水韵　好，孟兵，我们就好好执行这个计划，叫"请君入瓮"。

孟兵　水韵，还有我的任务，为第29军搞侦察……

这时，山花来了，孟兵不语了。

山花　孟兵连长，我要参加乡兵队，给潘九阡和潘水柱报仇。

孟兵　太好了！不过打仗有危险，你一个外地人，还是远离战场为好。

山花　我在东北受过青年营的训练，我会打枪，我还会救护，你们一定需要我。

幸儿气来了，潘水柱肯定是被她打死的，幸儿牙齿都咬紧了。

孟兵　那你一定会搞侦察，要不我们俩搞一次化装侦察，假扮夫妻，把横山勇和石村二郎的情况搞清楚。

山花　好的，我当你媳妇。

大家你看看我，我看看你。

61. 山地 / 坝子 / 日 外

幸儿带着乡兵训练，幸儿舞得一手好剑。

幸儿　乡兵队的兄弟们，昨天我们研究了，五天后攻打石头寨，把石头寨夺回来，打死石村三郎，为潘九阡、潘水柱报仇，大家有没有信心？

众人　有！

幸儿　大家好好练，到时上战场，没有真功夫不行。山花，来，我们俩过一招。

山花知道幸儿要试探她，她不能说自己不会，也不能表现得太强势。

幸儿和山花过招，山花抵挡不住幸儿的"拨雾剑"。

山花一直在琢磨幸儿的软肋，想使阴招。

62. 狗场寨 / 日军驻地 / 日 内

石村三郎得到情报，国军侦察连连长孟兵要来他的防区狗场寨刺探军情，石村三郎暗自高兴，送上门的肥肉哪有不吃的。

石村三郎　命石村秀子把孟兵等人带到鸿宾楼，我要演一出好戏。

情报官　是，遵命！

又一名情报人员进来。

情报人员　报告中佐，山花来电，五天后，幸儿要攻打石头寨，让中佐及早提防。

石村三郎　五天以后？估计幸儿没有这个机会了。

石村三郎得意地阴笑。

63. 狗场寨 / 鸿宾楼 / 日 内

山花挽着孟兵的手，来到鸿宾楼，孟兵警惕地四下张望，见无异常，便进了楼。

店小二热情接待。

店小二　老板和太太来了，楼上包间已经准备好了，楼上请。

孟兵知道有问题了，敌人已经知道他的行踪，而且已经计划好了，否则店小二就不会说"楼上包间已经准备好了"。

店小二是他们的人，孟兵只好随机应变。

孟兵　山花，包间都准备好了，你神通广大啊！

山花　店小二看你气度不凡，断定你一定是要包间的人了。

孟兵　太太真会说话，走，我们去包间。

64. 山间 / 道路 / 夜 外

幸儿和张水韵带着乡兵队就要出发了。

阿茜　潘大胆，快点，你又迟到了。

潘大胆　我闹肚子，迟了一点，这不跟上了嘛！

阿茜　就你事多！

幸儿见人齐了，下命令。

幸儿　上马，出发。

十几个人的马队乘着月色向狗场寨奔去……

65. 狗场寨 / 鸿宾楼 / 夜 内

夜色中，孟兵似乎已经醉了，山花把孟兵扶上床，准备解孟兵的衣带，孟兵半推半就。山花醉翁之意不在酒，她不是要和孟兵睡觉，而是想要孟兵身上的地图。

终于，山花在孟兵的裤腰带上找到了一张纸片，山花得意地笑了，她收好纸片，开始脱自己的衣服，她想和孟兵做一次露水夫妻。

山花刚把上衣脱了，门被一脚踢开了。

66. 狗场寨 / 日军指挥部 / 夜 外

幸儿的乡兵队悄悄地接近石村三郎的指挥部。

幸儿想，石村三郎你敢打孟兵的主意，我就敢打你指挥部的主意，看谁更胜一筹。

幸儿一挥手，乡兵队冲进了日军指挥部。

67. 狗场寨 / 鸿宾楼 / 夜 内

门一踢开，首先出现的是石村三郎，石村三郎冲进房间捉奸，石村秀子被吓得惊慌失措。

石村秀子 孟兵，亲爱的，你看，这些无耻的人闯进来了。快滚出去！

石村秀子一边说，一边去抱孟兵。

这时，照相机闪光灯"烁""烁"地闪。

突然，孟兵一把抓住石村秀子，从石村秀子身上抽出一把手枪，对着照相的日兵开了一枪，日兵应声倒地。

孟兵又把枪指着石村秀子的头。

孟兵 都给我滚出去，不然，我打破这个女特务的狗头。

石村三郎 好汉，别冲动，有话好说。

68. 狗场寨 / 日军指挥部 / 夜 外

幸儿攻破日军指挥部，日军指挥部的守军不多，死的死，伤的伤，跑的跑，溃不成军。

幸儿手里高高地举着火把。

幸儿 九阡叔、水柱哥，乡亲们，今天，我幸儿来给你们报仇了。

幸儿把火把扔进日军指挥部。

张水韵把火把扔进日军指挥部。

乡兵队的战士们把火把扔进日军指挥部。

日军指挥部被熊熊大火吞没。

69. 狗场寨 / 鸿宾楼 / 夜 内

孟兵纵身从窗口跳下去，留下惊魂未定的石村秀子。

石村三郎　快追！

这时，有日兵报告。

日兵　报告中佐，指挥部被烧了！

石村三郎一看，日军指挥部浓烟滚滚。

石村三郎　中国人，太狡猾了，我们上当大大的，给我杀，杀死狡猾的中国人！

日军冲出鸿宾楼。

70. 狗场寨 / 道路 / 夜 外

道路上，幸儿一吹牛角号，小黑窜出来，朝着孟兵奔去，刚从鸿宾楼跳下来的孟兵翻身上马，与幸儿一起朝悬洞奔去。

远处的石村三郎扔给石村秀子一支狙击步枪，两人上马，朝着幸儿和孟兵追去。

马蹄声声。

71. 山间 / 道路 / 日 外

石村三郎、石村秀子骑着大马追杀幸儿。

尘土飞扬。

快马奔驰，幸儿凭着高超的骑术，在山间的小道上画着美丽的弧线。

张水韵满意地看着幸儿。

石村三郎穷追不舍，疲于奔命。

石村秀子每一次端起步枪，也是力不从心，她几乎没有放枪的机会。

石村秀子非常沮丧。

72. 骆驼峰 / 悬洞 / 日 外

幸儿一匹战马奔驰，把敌人引诱到骆驼峰的悬洞，这是幸儿和孟兵的计划之一。石村三郎不知是计，紧紧跟着幸儿朝悬洞奔去。

一张大网正等着石村三郎。

73. 骆驼峰 / 悬洞 / 日 内

潘大胆和阿茜正在转移悬洞中的老百姓和生活物资。

待老百姓都转移出去，潘大胆和阿茜开始布线。

阿茜　大胆，勇敢点。

潘大胆　阿茜，我不会让你失望的。

74. 山间 / 小路 / 日 外

幸儿在前，石村秀子在后，两匹马奔驰，石村秀子手握狙击步枪，幸儿没有给她机会，快步上前，一剑封喉。

石村秀子从马上栽了下来。

75. 骆驼峰 / 悬洞 / 日 外

幸儿翻身下马，堵在悬洞口，抱起潘水柱用过的机枪，像水柱那样向敌人扫射。

幸儿坚信，只有石村三郎看见幸儿在悬洞口，才会相信悬洞的价值，才会尾随而来。

幸儿　来呀，小鬼子，我今天让你们有来无回，死无葬身之地。

一群日军刚一露头，就被幸儿的机枪打成了筛子，幸儿手里的机枪就像喷着火焰，要把日本鬼子全部烧死。

突然一颗流弹打在幸儿的胸前，幸儿用枪撑着。

幸儿牺牲。

悲歌骤起！

76. 石头寨 / 墓地 / 日 外

孟兵、张水韵给潘九阡、潘水柱、幸儿上香，缅怀革命先烈的丰功伟绩。

孟兵　水柱、幸儿、九阡叔，我好想你们！

张水韵　幸儿，好妹妹，水柱，好弟弟！九阡叔，你喝一口吧！

张水韵把九阡酒敬给了英雄。

众人泪如泉涌。

孟兵继续南下侦察，张水韵目送孟兵远去。

全剧终

2023 年 11 月 8 日于黔南州委党校